恶之花

〔法〕夏尔·波德莱尔 著
郭宏安 译

Les Fleurs du Mal

波德莱尔作品

商務印書館
The Commercial Press
创于1897

Charles Baudelaire

Les Fleurs du Mal

涵芬楼文化 出品

— 目 录 —

巴黎风貌

酒

恶之花

反抗

死亡

恶之花（1868 年第三版增补）

残诗集

风流集

题词集

诙谐集

译者前言

1857年6月25日，一本薄薄的诗集，一本只有一百零一首诗的小书，出现在巴黎的书店里。这是一本经过多年蓄积、磨砺的书，它仿佛一声霹雳，刹那间震动了法国诗坛，引起了沸沸扬扬的议论；它又像一只无情的铁手，狠狠地拨动着人们的心弦，令其发出“新的震颤”（雨果语）。这本诗集叫作《恶之花》，它的作者是夏尔·波德莱尔。

波德莱尔的《恶之花》，是一卷奇诗，一部心史，一本血泪之书。恶之为花，其色艳而冷，其香浓而远，其态俏而诡，其格高而幽。它绽开在地狱的边缘，它是伊甸园中的一枚禁果。

《恶之花》是一部诗集，但不是一般的、若干首诗的集合，而是一本书，一本有逻辑、有结构、有头有尾、浑然一体的书。有评论家说，诗集“有一个秘密的结构，有一个诗人有意地、精心地安排的计划”，如果不按照诗人安排的顺序阅读，诗的意义便会大大地削弱。评论家说得对，只是“秘密的”一词有些多余，因为《恶之花》的结构一眼便可看出。《恶之花》中的诗不是按照写作年代先后来排列的，而是根据内容和主题分属六个诗组，各有标题:《忧郁和理想》、《巴黎风貌》、《酒》、《恶之花》、《反抗》和《死亡》，其中《忧郁和理想》分量最重，占到全书的三分之二。六个部分的排列顺序，实际上画出了忧郁和理想冲突交战的轨迹。

《忧郁和理想》，忧郁是命运，理想是美，在对美的可望而不可即的追求中，命运走过了一条崎岖坎坷的道路。那是怎样的追求啊！那是一场充满着血和泪的灵魂的大搏斗。

《巴黎风貌》，诗人虽败而不馁，如果说他已经展现了一条精神活动的曲线的话，现在他把目光转向了外部的物质世界，转向了他生活的环境——巴黎，打开了一幅充满敌意的资本主义大都会的丑恶画卷。

诗人试图通过自我麻醉、放浪形骸、诅咒上帝、追求死亡等方式，来与这个世界相对抗。诗人首先求助于麻醉和幻觉，向往着“人造的天堂”，由此开始了《恶之花》的第三部分:《酒》。诗人深入到人类的罪恶中去，到那盛开着“恶之花”的地方去探险。那地方不是别处，正是人的灵魂深处。诗人在罪恶之国里漫游，得到的是变态的爱、绝望、死亡、对自己的沉沦的厌恶。美，艺术，爱情，沉醉，逃逸，一切消弭忧郁的企图都告失败，于是诗人反抗了。他反抗那个给人以空洞的希望的上帝，这是《恶之花》的第五部分:《反抗》。诗人历尽千辛万苦，最后在死亡中寻求安慰和解脱，《恶之花》从此进入它的第六部分:《死亡》。

波德莱尔的世界是一个阴暗的世界，一个充满着灵魂搏斗的世界；他的恶之花园是一个惨淡的花园，一个豺狼虎豹出没其间的花园。然而，在凄风苦雨中，时有灿烂的阳光漏下；在狼奔豕突之际，偶见云雀高唱入云。那是因为诗人身在地狱，心向天堂，忧郁之中有理想在呼唤。诗人从未停止追求，纵使"稀稀朗朗"，那果实毕竟是红色的，毕竟是成熟的，含着希望。正是在这失望与希望的争夺中，我们看到了一个抉心自食、发掘恶中之美的诗人。

在创作方法上，《恶之花》继承、发展、深化了浪漫主义，为象征主义开辟了道路，走出了一片新天地。同时，由于波德莱尔对浪漫主义深刻而透彻的理解，在其中灌注了古典主义的批评精神，又使《恶之花》闪烁着现实主义的光彩。《恶之花》在创作方法上的三种成分：浪漫主义、象征主义和现实主义，并不是彼此游离的，也不是彼此平行的，而经常是相互渗透甚至融合的。它们仿佛红绿蓝三原色，其配合因比例的不同而生出千差万别无比绚丽的色彩世界。

《恶之花》保留了浪漫主义的基本主题，其孤独感、流亡感、深渊感、绝望感，流逝的时光，被压抑的个性及其反抗，对平等、自由、博爱的渴望，社会和群众对诗人的误解等等，无一不带有浪漫主义的典型色彩。《信天翁》从主题到风格，都纯然是一首浪漫主义的诗：巨大的飞鸟，异域的海洋，暗示出流亡的命运；鲜明的对比，贴切的比喻，直接展示出诗人的厄运；尤其是"诗人啊就好像这位云中之君……"这样的明喻，明白无误地揭示出诗的主旨；当然，诗中将大海比作“苦涩的深渊”，读来令人悚惧，已经透露出波德莱尔式的阴冷。《恶之花》是在浪漫主义的夕照中开放的，具有诡奇艳丽的色彩和神秘幽远的意境。其诡奇艳丽，可以说占尽浪漫主义的外部风光；其神秘幽远，则可以说深得浪漫主义的内里精髓。

波德莱尔对象征主义诗歌的贡献之一，是他针对浪漫主义重情感而提出重灵性。所谓灵性，其实就是思想。他总是围绕着一个思想组织形象，即使在某些偏重描写的诗中，也往往由于提出了某种观念而改变了整首诗的含义。例如《腐尸》，诗人用一半的篇幅描写了一具腐尸，纤毫毕露，似可触摸，形象的丑恶催人作呕，笔触的冷静令人咂舌。如果诗到此为止，那确是一幅出自拙劣的画匠之手的拙劣的画，怕连诗也称不上。但是，诗并未到此为止，诗人斜出一笔，用三节抒情的诗句慨叹腐尸的原形化为梦境，透出一星思考的端倪，接着诗人用了两节诗警告他的情人。倘使诗到此结束，虽说已有了些意蕴，但终究不过是一篇红粉骷髅论而已，不出前人窠臼。所幸诗人的笔不曾停下，他写出了最后一节，果然是惊人之笔，转眼间化腐朽为神奇，使全诗的面貌顿时改观。原来诗人的目的并不在“把丑恶、畸形和变态的东西加以诗化”，也不是“歌咏尸骸”、“以丑为美”。他是在别人写作红粉骷髅的诗篇上引出深刻的哲理：精神的创造物永存。波德莱尔对象征主义诗歌的另一个贡献是“通过诗重获被音乐夺去的财富”。例如《黄昏的和谐》：黄昏，落日，鲜花，小提琴，一个个孤立的形象，实在却又模糊，造成了一片安详而又朦胧的氛围。眩晕，死亡，下沉，遗痕，一系列具体的感受，真实却很飘忽，汇成了一股宁静而又哀伤的潜流。香炉，大祭台，圣体，一连串富有宗教意味的比喻，烘托出一种万念俱释、澄明清静的心态。诗人并没有着墨于环境的描写，也没有着力于情绪的抒发，只是围绕着心与境谐这一主旨安排了形象，配合了比喻，而且诸多形象全然不是为眼睛而设，只是轻柔然而执着地敲击着人们的感觉。同时，这首诗采用了“马来体”的形式而略加变化，反复咏唱，一如祈祷，具有强烈的感染力。这不是急管繁弦，也不是浅斟低唱，而是庄严平静的广板，极完美地表达了一个憎恶黑暗、渴望光明的人在黄昏之际所获得的珍贵的宁静，流露出一种忘机忘情的喜悦。这首诗曾经进入了德彪西等人的音乐，该不是偶然的。

《恶之花》的现实主义成分首先在于题材的突破，法国诗歌自波德莱尔始，才将大门向现代资本主义大城市洞开。他“创造了一种全然巴黎的诗”，然而他从不单纯地描绘都市风光，而是及时地“转向寓意”，例如《天鹅》一诗的第二部分从巴尔扎克式的描绘突然转向寓意，这正是波德莱尔式的现实主义。其次，波德莱尔擅长冷静而温柔地描绘城市中反映穷苦人的苦难的风物，其特点表现为充满深厚同情心的敏锐细腻的观察、准确生动的细节以及深刻、综合力极强的典型性。最后，抓住日常生活中习见的人物、事件和场景，于准确生动的描绘中施以语言的魔力，使之蒙上一重超自然的色彩，这也是《恶之花》的现实主义成分之一。不过，这里必须指出，《恶之花》的现实主义成分并不是可以析离使之孤立存在的，为了进行观察，它只能被保存在批评家的冰箱里。我们可以感到它，甚至可以抓住它，然而一当我们把它放在正常的阅读环境中时，它就可能变得不纯了，或被异质的成分侵入，或消散在左邻右舍之中。这是《恶之花》的现实主义的特点。

总之，《恶之花》是在一个“伟大的传统业已消失，新的传统尚未形成”的过渡时期里开放出来的一丛奇异的花：它承上启下，瞻前顾后，由继承而根深叶茂，显得丰腴；因创新而色浓香远，显得深沉；因所蓄甚厚，开掘很深，终能别开生面，显出一种独特的风格，恰似一面魔镜，摄入浅近而映出深远，令人有执阿莉阿德尼线而入迷宫之感。

除了《恶之花》外，波德莱尔还写有散文诗集《巴黎的忧郁》，这“依然是《恶之花》，但是有多得多的自由、细节和讥讽”。散文诗并非自波德莱尔始，但波德莱尔是第一个自觉地把它当作一种形式，并使之臻于完美的人。

波德莱尔仅以《恶之花》这一部诗集而成为法国古典诗歌的最后一位诗人、现代诗歌的最初一位诗人，这不能不说是文学史上的一大奇观。由于他的丰富性和复杂性，他成了后来许多不同流派相互争夺的一位精神领袖。

郭宏安

我怀着无比谦恭的心情

把这些病态的花献给

无可挑剔的诗人

法国文学完美的魔术师

老师和朋友

泰奥菲尔·戈蒂耶

夏·波

告读者*

读者们啊，谬误、罪孽、吝啬、愚昧，
占据人的精神，折磨人的肉体，
就好像乞丐喂养他们的虱子，
我们喂养着我们可爱的痛悔。

我们的罪顽固，我们的悔怯懦；
我们为坦白要求巨大的酬劳，
我们高兴地走上泥泞的大道，
以为不值钱的泪能洗掉污浊。

在恶的枕上，三倍伟大的撒旦[1]，
久久抚慰我们受蛊惑的精神，
我们的意志是块纯净的黄金，
却被这位大化学家化作轻烟。

---

* 本诗在各版《恶之花》中均被置于卷首，首次发表于1855年6月1日《两世界评论》。

1 指赫耳墨斯在希腊神话中司魔术、秘术、预言等，“三倍伟大”这个词通常用于形容他。

是魔鬼牵着使我们活动的线！
腐败恶臭，我们觉得魅力十足；
每天我们都向地狱迈进一步，
穿过恶浊的黑夜却并无反感。

像一个贫穷的荡子，亲吻吮吸
一个老妓的备受摧残的乳房，
我们把路上偷来的快乐隐藏，
紧紧抓住，像在挤一枚老橙子。

像万千蠕虫密匝匝挤到一处，
一群魔鬼在我们脑子里狂饮，
我们张口吮吸，胸膛里的死神，
就像看不见的河，呻吟着奔出。

如果说奸淫、毒药、匕首和火焰
尚未把它们可笑滑稽的图样
绣在我们的可悲的命运之上，
唉！那是我们的灵魂不够大胆。

我们罪孽的动物园污秽不堪，
有豺、豹子、母狗、猴子、蝎子、秃鹫，
还有毒蛇，这些怪物东奔西走，
咆哮，爬行，发出了低沉的叫喊，

有一个更丑陋、更凶恶、更卑鄙！
它不张牙舞爪，也不大喊大叫，
却往往把大地化作荒芜不毛，
还打着哈欠将世界一口吞噬。

它叫“无聊”！——眼中带着无意的泪，
它吸着水烟筒，梦想着断头台，
读者，你认识这爱挑剔的妖怪，
——虚伪的读者——我的兄弟和同类！

忧郁和理想

祝福*

当至高无上的大能天神命令
诗人在这厌倦的世界上出现，
他的母亲惊恐万分，骂不绝声，
对着怜悯她的上帝握紧双拳：

“啊！我宁愿生下的是一团毒蛇，
也不愿喂养这招人耻笑的东西！
真该诅咒啊那片刻欢娱的一夜，
我腹中开始孕育我的赎罪祭礼！

“既然你已在女人中把我选出，
让我受到那可怜丈夫的憎厌，
我就不能把这长不好的怪物，
好像一纸情书那样扔进火焰，

“我就把你那将我压垮的憎恶
朝着你恶意诅咒的工具[1]淋浇，

* 本诗首次发表于1857年《恶之花》初版，第一首。
1 指诗人。

我还要扭伤这株悲惨的小树，
让它长不出染上瘟疫的花苞！”

她就这样咽下她仇恨的涎沫，
因为她不能理解上天的意图，
她自己正在地狱的深处堆垛
为了惩罚母罪而准备的柴木。

然而，有一位天使的暗中保佑，
这个被弃的孩子陶醉于阳光，
在他所喝的所吃的东西里头，
又发现了美味和红色的琼浆。

他和风儿嬉戏，他与云彩说话，
在十字架的路上歌唱与陶醉；
他朝圣的途中，精神跟随着他，
看见他快乐如林中鸟而流泪。

他想爱的人望着他，胆战心惊，
或者，看见他不急不躁竟胆敢
看一看谁能惹得他抱怨一声，
在他的身上试试他们的凶残。

在供他吃的面包和葡萄酒里，
他们掺进灰尘和不洁的唾沫，

还虚伪地扔掉他触过的东西，
因把脚踏进他的足迹而自责。

他的妻子要到广场上去吆喝：
“既然他觉得我美丽，值得崇拜，
我就要履行古代偶像的职责，
像她们一样，全身用黄金覆盖；

“我将陶醉于乳香、没药、甘松香，
还有鱼肉、葡萄酒和跪拜礼，
看看我能否在崇拜我的心上
笑盈盈地僭取对神祇的敬意！

“我对这亵渎的闹剧感到无聊，
就朝他伸出手，柔弱却有力量，
我的指甲好像哈尔皮[1]的利爪，
会抓出一条路直达他的心脏。

“像抓住一只突突颤抖的小鸟，
我从他胸中掏出鲜红的心脏，
然后，为了让我的宠物吃个饱，
我满怀着轻蔑把它扔在地上！”

1　Harpy，希腊神话中鸟身女面的怪物，有翼及利爪。

宁静的诗人举起虔诚的手臂，
他看见天上有一壮丽的宝座，
它那清醒的头脑啊光辉无际，
把愤怒人群的场面替他掩遮：

“感谢您，我的上帝，是您把痛苦
当作了圣药疗治我们的不洁，
当作了最精美最纯粹的甘露，
让强者准备享受神圣的快乐！

“我知道您为诗人保留了位置，
在圣徒队的真福者行列中间，
您请他参加宝座天使、力天使
和权天使的永远不散的欢宴。

“我知道痛苦乃是唯一的高贵，
无论人世和地狱都不能腐蚀，
为了把我那神秘的冠冕编缀，
须将一切时代一切领域征集。

“但古代帕尔米拉[1]遗失的宝贝，
不为人知的金属，大海的明珠，
即使您亲手镶嵌，也不能匹配

1　Palmyra，叙利亚古代名城，相传为所罗门王所建，今已成废墟。

这顶美丽的冠冕，明亮而炫目；

“因为它只用纯净的光明制作，
从原始光的神圣的炉中淬提，
凡人的眼睛在最深邃的时刻
也不过是些模糊哀愁的镜子！”

信天翁*

水手们啊常常为了开心取乐，
捉住信天翁，这些海上的飞禽，
它们懒懒地追寻陪伴着旅客，
而船是在苦涩的深渊上滑进。

一旦水手们将其放在甲板上，
这些青天之王，既笨拙又羞惭，
就可怜地垂下了雪白的翅膀，
仿佛两只桨拖在它们的身边。

这有翼的旅行者啊多么靡萎！
往日何其健美，而今丑陋可笑！
有的水手用烟斗戏弄它的嘴，
有的又跛着脚学这残废的鸟！

诗人啊就好像这位云中之君，
出没于暴风雨，敢把弓手笑看；

---

* 本诗首次发表于 1859 年 2 月。

一旦落地，就被嘘声围得紧紧，

长羽大翼，反而使它步履艰难。

高翔远举*

飞过池塘，飞过峡谷，飞过高山，
飞过森林，飞过云霞，飞过大海，
飞到太阳之外，飞到九霄之外，
越过了群星灿烂的天宇边缘，

我的精神啊，你活动轻灵矫健，
仿佛弄潮儿在浪里荡魄销魂。
你在深邃浩瀚中快乐地耕耘，
怀着无法言说的雄健的快感。

远远地飞离那些致病的腐恶，
飞到高空中去把你净化涤荡，
就好像啜饮纯洁神圣的酒浆，
啜饮那弥漫澄宇的光明的火。

在厌倦和巨大的忧伤的后面，
它们充塞着雾霭沉沉的生存，

* 本诗首次发表于 1859 年 5 月 17 日《阿朗松报》。

幸福的是那个羽翼坚强的人，
他能够飞向明亮安详的田园；

他的思想就像那百灵鸟一般，
在清晨自由自在地冲向苍穹，
——翱翔在生活之上，轻易地听懂
花儿以及无声的万物的语言。

应和*

自然是座庙宇，那里活的柱子
有时说出了模模糊糊的话音；
人从那里过，穿越象征的森林，
森林用熟识的目光将他注视。

如同悠长的回声遥遥地汇合
在一个混沌深邃的统一体中
广大浩漫好像黑夜连着光明——
芳香、颜色和声音在互相应和。

有的芳香新鲜若儿童的肌肤，
柔和如双簧管，青翠如绿草场，
——别的则朽腐、浓郁，涵盖了万物。

像无极无限的东西四散飞扬，
如同龙涎香、麝香、安息香、乳香
那样歌唱精神与感觉的激昂。

* 本诗首次发表于《恶之花》初版，第四首。

我爱回忆那没有遮掩的岁月*

我爱回忆那没有遮掩的岁月，
福玻斯[1]爱给其雕像涂上金色。
那时候男人和女人敏捷灵活，
既无忧愁，也无虚假，尽情享乐；
多情的太阳爱抚他们的脊梁，
他们就显示高贵器官的强壮。
库珀勒[2]也慷慨大方，肥沃多产，
并不把子女看成过重的负担，
却好像心怀广博之爱的母狼，
让普天下吮吸她褐色的乳房。
男子汉个个优雅健壮，有权利
因美女拜他为王而扬扬得意；
她们是鲜果，无损伤也无裂口，
让人想咬一口光滑结实的肉。

今日之诗人，如果他要想象出
这种天赋的伟大，如果置身于

---

* 本诗首次发表于《恶之花》初版，第五首。

1 Phoebus，希腊神话中的太阳神。

2 Cybele，古代小亚细亚人崇拜的自然女神。

男人和女人露出裸体的场面，
对着这惊恐万状的阴暗画卷，
会感到阴风冷气裹住了魂灵。
啊，因没有衣衫而悲伤的畸形！
啊，可笑的躯干！胸膛必须遮掩！
啊，真可怜，弯曲，松弛，大腹便便！
你们这些孩子，被冷酷泰然的
“实用”之神用青铜的襁褓裹起！
还有你们女人，唉，蜡一般苍白，
放荡养活你们，又把你们损害，
而你们处女，继承母亲的罪孽，
还有那多生多产的一切丑恶！

我们是一些已被腐化的民族，
确有这种美女古人不曾目睹：
面孔因为心脏的溃疡而憔悴，
如人所说，一种萎靡忧郁的美；
然而我们迟生的缪斯的发明
永远也阻止不了患病的生灵
向青春致以发自内心的敬意，
——圣洁的青春，神色单纯，面容甜蜜，
清澈明亮的眼睛像流水无瑕，
她无忧无虑，如蓝天、飞鸟、鲜花，
将在万物之上倾注她的芬芳，
她的甜蜜的热情和她的歌唱！

灯塔*

鲁本斯[1]，懒散的乐土，遗忘之川，
新鲜的肉枕头，其上虽不能爱，
却汇聚生命的洪流，骚动不断，
就仿佛天上的空气，海中的海；

莱奥纳多·达·芬奇，深邃幽暗的镜，
映照着迷人的天使笑意浅浅，
充满神秘，有冰峰松林的阴影，
伴随他们出现在闭锁的家园；

伦勃朗，愁惨的医院细语啾啾，
一个大十字架是仅有的饰物，
垃圾堆中发出了哭诉的祈祷，
突然有一抹冬日的阳光射入；

米开朗琪罗，但见那无名之地，
力士基督徒杂然一处，霞光中

---

* 本诗首次发表于《恶之花》初版，第六首。

1 Peter Paul Rubens（1577–1640），佛兰德斯画家。

一些强有力的幽灵傲然挺立，
张开五指撕碎了裹尸布一重；

农牧神[1]的无耻，拳击手的义愤，
你呀，你善于把粗汉的美汇集，
骄傲伟大的心，软弱萎黄的人，
布杰[2]，你这苦役犯忧郁的皇帝；

华托[3]，狂欢节许多卓越的心灵，
蝴蝶一般到处游荡，闪闪发光，
灯火照亮了新鲜轻盈的布景，
使这旋风般的舞会如癫如狂；

戈雅[4]，充满着未知之物的噩梦，
巫魔夜会中人们把胎儿烹煮，
揽镜自照的老妇，赤裸的儿童，
好让魔鬼们理好它们的袜子；

血湖里恶煞出没，德拉克洛瓦[5]，
周围有四季常青的树林遮蔽，

---

1 即潘神，司山林畜牧，性喜嬉戏。
2 Pierre Puget（1620–1694），法国画家。
3 Antoine Watteau（1684–1721），法国画家。
4 Francisco de Goya（1746–1828），西班牙画家。
5 Eugène Delacroix（1798–1863），法国画家。

奇怪的号声在忧愁的天空下
飘过，仿佛韦伯[1]被压抑的叹息；

这些诅咒，这些谴责，这些抱怨，
这陶醉，呼喊，哭泣，感恩赞美诗，
往复回荡在千百座迷宫中间，
如神圣的鸦片给了凡夫俗子；

这是千百个哨兵重复的呐喊，
是千百个喊话筒传递的命令，
是灯塔在千百座城堡上点燃，
是密林中迷路的猎人的呼应；

上帝，这确是我们所能给予的
关于我们的尊严的最好证明，
这是代代相传的热切的哭泣，
它刚消逝在悠悠永恒的边境！

1 Carl Maria von Weber（1786–1826），德国作曲家。

病缪斯*

可怜的缪斯，唉！今晨你不舒服？
深陷的两眼充满了憧憧夜影，
我见你的脸色中交替地映出
疯狂和恐惧，都是沉默又冰冷。

是绿色的淫鬼[1]和粉色的妖精
用小瓶向你洒下爱情和恐怖？
这是噩梦的手既专横又任性，
把你淹进传说的明图纳[2]深处？

我愿你充满强大思想的胸膛
总有人造访，散发健康的芳香，
你基督徒的血有节奏地奔涌，

像古代音节和谐的声响之中，

* 本诗首次发表于《恶之花》初版，第七首。

1 一种化身为女人引诱男子的魔鬼。

2 Minturnes，罗马将军玛里乌斯兵败，被敌手苏拉追赶，藏身于罗马南部的明图纳沼泽中，水淹至口，人皆不敢杀，后逃脱。

轮流坐王位的是歌曲的父亲
福玻斯，丰收之主伟大的潘神。

稻粱诗神*

啊我心灵的诗神，味觉的情侣，
当严寒的一月放出它的北风，
在那雪夜的黑色的厌倦之中，
你可有火烘烤你青紫的双足？

那漆黑的夜光穿透了百叶窗，
你能温暖你冻痕累累的双肩？
钱袋空空如同你的口腹一般，
你可会从青天上把黄金收藏？

为了挣得那每晚糊口的面包，
你得像那唱诗童把香炉轻摇，
唱你并不相信的感恩赞美诗，

或像饥饿的卖艺人做尽手脚，
以博得凡夫俗子的捧腹大笑，
君不见你的笑却被泪水浸湿。

---

* 本诗首次发表于《恶之花》初版，第八首。

坏修士*

古代的修道院，在那些大墙上，
一幅幅壁画展示神圣的真理，
其效果，既温暖着虔诚的心肠，
又减弱苦修生活的幽幽冷气。

当年，基督播的种子繁花满枝，
不止一位高僧今天已被遗忘，
他们个个把墓地当作了画室，
怀着一颗淳朴的心赞美死亡。

——我这坏修士啊，灵魂成了坟墓，
多少年来我在里面漫步、居住，
这可憎的修道院，墙上依然荒芜。

懒惰的修士啊！什么时候我能
将我这悲惨生活的生动情景
亲手画成画儿，让我大饱眼福？

---

* 本诗首次发表于 1855 年 6 月 1 日《两世界评论》。

仇敌*

我的青春是一场晦暗的风暴，
星星点点，漏下明晃晃的阳光；
雷击雨打造成了如此的残凋，
园子里，红色的果实稀稀朗朗。

我现在已经触到思想的秋天，
我现在必须使用铁铲和铁耙，
把被水淹过的泥土重新回填，
因为它已洞窟累累坟一般大。

有谁知道我梦寐以求的新花，
在冲得像沙滩一样的泥土下，
能找到带来生机的神秘食品？

——哦痛苦！哦痛苦！时间吃掉生命，
而噬咬我们的心的阴险敌人
靠我们失去的血生长和强盛！

* 本诗首次发表于 1855 年 6 月 1 日《两世界评论》。

厄运*

要负起如此的重担，
得有西西弗[1]的勇气！
尽管人们有心努力，
却艺术长而光阴短。

远离那些著名的坟，
朝着一座荒僻的墓，
我的心如发闷的鼓，
在送葬的曲中前进。

——多少珍宝睡得死死，
埋在黑暗和遗忘里，
远离着铁镐和探针；

多少鲜花空自叹嗟，
寄身于深深的寂寞，
散发着隐秘的温馨。

---

* 本诗首次发表于 1855 年 6 月 1 日《两世界评论》。

1 Sisyphos，又译西绪福斯，希腊神话中科林斯的王，死后被罚在冥界推一巨石上山，将及山顶，石又滚下，如此反复不止。

从前的生活*

堂堂柱廊，我曾长期住在其中，
海的阳光给它涂上火色斑斑，
那些巨大的石柱挺拔而庄严，
晚上使柱廊就像那玄武岩洞。

海的涌浪滚动着天上的形象，
以隆重而神秘的方式混合着
它们丰富的音乐之至上和谐
与我眼中反射出的多彩夕阳。

那里，我在平静的快乐中悠游，
周围是蓝天、海浪、色彩的壮丽，
和浑身散发香气的裸体奴隶，

他们用棕榈叶凉爽我的额头，
他们唯一的关心是深入探悉
使我萎靡的那种痛苦的秘密。

---

* 本诗首次发表于 1855 年 6 月 1 日《两世界评论》。

流浪的波希米亚人*

眸子火辣辣的会预言的部族，
昨天就已上路，把她们的小鬼
背在背上，或让他们贪婪的嘴
豪吮下垂的乳房，常备的宝物，

男子们背着闪亮的刀枪步行，
走在蜷缩着眷属们的大车旁，
抬起目光沉重的眼望着天上，
闷闷不乐地怀念逝去的幻影。

蟋蟀，在它藏身的沙窝的里边，
望着他们走过，歌儿唱得更欢；
库珀勒爱他们，让绿茵更宽阔，

让泉流山石，让鲜花开遍荒原，
迎接这些族人，在他们的面前
洞开着通向黑暗的亲切王国。

---

* 本诗首次发表于《恶之花》初版，第十三首。

人与海*

自由的人，你将永把大海爱恋！
海是你的镜子，你在波涛无尽、
奔涌无限之中静观你的灵魂，
你的精神是同样痛苦的深渊，

你喜欢沉浸在你的形象之中；
你用眼用手臂拥抱它，你的心
面对这粗野、狂放不羁的呻吟，
有时倒可以排遣自己的骚动。

你们两个都是阴郁而又谨慎：
人啊，无人探过你的深渊之底；
海啊，无人知道你深藏的财富，
你们把秘密保守得如此小心！

然而，不知过了多少个世纪，
你们不怜悯，不悔恨，斗狠争强，

---

* 本诗首次发表于 1852 年 10 月《巴黎评论》。

你们那样喜欢残杀和死亡，

啊，永远的斗士，啊，无情的兄弟！

唐璜下地狱*

当唐璜落在那条地下的河旁，
交渡资给卡窿[1]，这阴沉的乞丐
露出了安地善[2]般傲慢的目光，
强壮复仇的手执桨划了起来。

女人在黑漆漆的天空下扭曲，
露出下垂乳房和敞开的衣袍，
仿佛一大群献作牺牲的牲畜，
在他身后发出了长长的号叫。

斯卡纳赖[3]笑着向他索要工钱，
唐路易[4]则伸出了颤抖的手指，
让游荡在河岸上的亡魂看看
这竟敢嘲笑白头老父的忤逆。

---

* 本诗首次发表于1846年9月6日《艺术家》。

1 Charon，希腊神话中冥河的司渡者。

2 Antisthenes（前445–前365），古希腊哲人。

3 唐璜的仆人。莫里哀《唐璜》第五幕第七场，斯见主人遭雷击，工钱落空，叫道："啊，我的工钱！我的工钱！"

4 唐璜之父，他曾教训逆子，见莫里哀《唐璜》第四幕第五场。

艾尔维[1]贞洁瘦削，瑟瑟地戴孝，
在这负心丈夫昔日情郎身旁，
似乎求他再绽出最后的一笑，
让他最初的盟誓再闪出光亮。

那直挺挺的石头[2]，身披着盔甲，
手执木棒，切开了黑色的浪波；
可这位镇定的英雄，俯靠长铗，
只望着船迹，其余的皆属不屑。

1 唐璜的情妇。唐璜把她从修道院中勾引出来，始乱终弃，事见莫里哀《唐璜》。

2 唐璜诱骗一少女，决斗中剑杀其父。后唐璜偶经死者之墓，戏邀墓前石像吃饭。当晚，石像到唐璜家中赴宴，顷刻雷电交加，唐璜被殛，堕入地狱。

惩罚骄傲*

在那神奇美妙的岁月里，神学
昌盛，有最充沛的元气和汁液，
有人说一日有个伟大的圣师，
——先是闯进那些冷漠的心灵里；
还在他们那黑暗的心底翻搅；
又朝上天的辉煌荣耀走过了
自己也不认识的奇怪的道路，
也许只有纯洁的圣灵曾光顾，——
仿佛人爬得太高而失魂丧胆，
他陶醉于恶魔般的骄傲，大喊：
“耶稣，小耶稣！是我把你推高的！
但是，如果我攻击你盔甲上的
弱点，你的羞愧不下你的荣光，
你就不过是个胎儿贻笑大方！”

他的理智立刻消失无影无踪。
太阳的光芒蒙上了黑纱一重；

* 本诗首次发表于 1850 年 6 月《家庭商店》。

他的智慧中滚动着一片混乱，
昔日曾是活的庙宇，富有，井然，
天棚下有多少盛典大放光芒。
寂静和黑夜来到了他的身上，
犹如在地窖里，却把钥匙弄丢。
从此他仿佛变成街上的牲口，
而当他一无所见地走开，穿越
田野，夏天和冬天也不加分别，
肮脏，无用，丑陋，如同废物一样，
变成了孩童戏弄、哄笑的对象。

美*

凡人啊！我像石头的梦一样美，
我的胸脯生就令诗人们动情，
那爱情像物质一样无言、永恒，
诗人却一个个碰得伤痕累累。

我高踞蓝天，难解如狮身女妖；
心比莹雪，纯洁似天鹅的羽绒；
我不喜欢打乱了线条的运动，
我从来也不哭，我从来也不笑。

我仿佛从最高傲的雕像那里
借来了庄严的姿态，而诗人们
将在刻苦的钻研中耗尽时日；

因为，要迷住这些温顺的情人，
我有明镜使万物把美色增添；
我的眼，闪着永恒之光的大眼！

---

* 本诗首次发表于 1857 年 4 月 20 日《法兰西评论》。

理想*

绝对不是那种画片上的美媛，
那种无聊时代的变质的产品，
脚踏高帮皮鞋，指上玩着响板，
能够满足像我这样的一颗心。

我留给加瓦尔尼[1]，萎黄病的诗翁，
他的那些病院美女、嘈嘈群氓，
因为在这些苍白的玫瑰花中，
没有一朵像我那红色的理想。

这颗心深似渊谷，麦克白夫人[2]，
它需要的是你呀，罪恶的灵魂，
迎风怒放的埃斯库罗斯[3]的梦，

或伟大的《夜》[4]，米开朗琪罗之女，

* 本诗首次发表于 1851 年 4 月 9 日《议会信使》。
1 Paul Gavarni（1804–1866），法国画家。
2 莎士比亚悲剧《麦克白》中的女主人公。
3 Aeschylus（前 525–前 456），古希腊悲剧诗人。
4 米开朗琪罗著名的作品。

你坦然地摆出了奇特的姿势，
那魅力正与泰坦[1]的口味相应。

1 Titans，希腊神话中的巨人族。

女巨人*

从前大自然的兴致热烈狂放，
每天都在把巨大的孩子制造，
我真想待在庞然的女郎身旁，
仿佛女王脚下一只淫逸的猫。

我真想看见她灵肉一齐开花，
在可怕的嬉戏中自由地成熟；
猜想她心中是否暗藏着欲火，
映着她眼中飘浮的潮湿的雾；

我随意地游遍她壮丽的身躯，
在她巨膝的斜坡上爬来爬去，
有时灼人的阳光，那是在盛夏，

晒得她疲倦了，她躺在原野上，
我就想酣睡在她乳房的阴下，
仿佛山脚下一座平静的村庄。

---

* 本诗首次发表于 1857 年 4 月 20 日《法兰西评论》。

面具*

具有文艺复兴风格的寓意像

给雕刻家恩斯特·克里斯托夫

看看这佛罗伦萨风韵的宝贝：
这筋肉饱满的胴体的曲线里，
充溢着优雅、力量，神圣的姐妹。
这女人，的确是个神奇的东西，
天神般健壮，令人爱慕地苗条，
生来就是要端坐豪华的床笫，
足供闲暇的主教或君王逍遥。

——再看看那微笑肉感而又细腻，
自命不凡在其中把狂喜张扬；
幽长的目光狡诈、慵倦又讥诮；
一握轻纱围住了小巧的面庞，
每个线条都得意扬扬地说道：
“肉感呼唤我，爱情给我戴花饰！”
看看这个人禀有何等的尊严，
优雅赋予她多么迷人的魅力！
近些，让我们围着她的美流连。

---

* 本诗首次发表于 1859 年 11 月 30 日《当代评论》。

啊，亵渎艺术！啊，逃不脱的惊骇！
这女人许诺幸福，有神的肉体，
从上面看竟是个双头的妖怪！

——不！那不过是面具，外加的装饰，
这面庞闪耀着一种美妙怪相，
看哪，在这里，残酷地抽搐缩蜷，
她真正的脑袋，她诚挚的面庞，
朝上看，藏在骗人的脸的下面。
可怜啊，高贵的美！你的泪流成
壮丽的河，直流进我不安的心；
你的假象令我陶醉，我的魂灵
在你眼中痛苦的波涛中畅饮！

——可她为什么哭？她这完善的美，
让失败的人类在她脚下拜倒，
什么神秘的恶咬她矫健的腿？
——她哭，傻瓜，因为她已生活过了！
因为她还在生活，但她哀叹的，
就是那明天，唉！明天还得生活！
明天，后天，永远！——如同我们一般！

献给美的颂歌*

你来自幽深的天空，还是地狱，
美啊？你的目光既可怕又神圣，
一股脑儿倾泻着罪恶和善举，
因此人们把你和酒浆相比并。

你的眼睛包含着落日和黎明；
你像雷雨的黄昏把芳香播散；
你的吻是春药，你的嘴是药瓶，
能使英雄怯懦，又使儿童勇敢。

你出自黑色深渊，或降自星辰？
命运受惑，像狗追随在你裙下；
你随意地播种着灾祸和欢欣，
你统治一切，却没有任何报答。

美，你在死人身上走，还要嘲弄；
你的首饰中有魅力的是恐怖，

* 本诗首次发表于 1860 年 10 月 15 日《艺术家》。

凶杀在你最珍爱的小饰物中，
在你骄傲的肚皮上淫靡起舞。

蜉蝣花了眼，朝你这蜡烛飞去，
嘶的一声烧着，还说：火炬有福！
情郎俯在美人身上气喘吁吁，
好像垂死的人抚爱他的坟墓。

这有何妨，你来自天上或地狱？
啊美！你这怪物，巨大、纯朴、骇人！
只要你的眼、你的笑、你的双足
打开我爱而不识的无限之门！

这有何妨，你来自上帝或魔王？
天使或海妖？——目光温柔的仙女，
你是节奏、香气、光明，至尊女皇！——
只要世界少丑恶、光阴少重负！

异域的芳香*

一个闷热的秋夜，我合上双眼，
呼吸着你滚烫的胸脯的芳香，
我看见幸福的海岸伸向远方，
单调的阳光照得它神迷目眩；

一座慵懒的岛，大自然奉献出
奇特的树木，美味可口的果品，
身材修长和四肢强健的男人，
还有目光坦白得惊人的女子。

被你的芳香引向迷人的地方，
我看见一个港，满是风帆桅樯，
都还颠簸在大海的波浪之中，

同时那绿色的罗望子的芬芳——
在空中浮动又充塞我的鼻孔，
在我的心中和入水手的歌唱。

---

* 本诗首次发表于 1857 年 5 月 17 日《阿朗松报》。

头发*

哦，浓密的头发直滚到脖子上！
哦，发鬈，哦，充满着慵懒的香气！
销魂！为了今晚使阴暗的卧房
让沉睡在头发中的回忆住上，
我把它像手帕般在空中摇曳。

懒洋洋的亚洲，火辣辣的非洲，
一个世界，遥远，消失，几乎死亡，
这芳香的森林在你深处居留！
像别人的精神在音乐上飘游，
爱人！我的精神在香气中荡漾。

我将去那边，树和人精力旺盛，
都在赤日炎炎中长久地痴迷；
粗大的发辫，请做载我的浪峰！
乌木色的海，你容纳炫目的梦，
那里有风帆、桨手、桅樯和彩旗：

* 本诗首次发表于 1859 年 5 月 20 日《法兰西评论》。

喧闹的港口，在那里我的灵魂
大口地痛饮芳香、色彩和音响；
船只在黄金和闪光绸中行进，
张开它们巨大的手臂来亲吻
那颤动着炎热的晴空的荣光。

我要将我那酷爱陶醉的脑袋，
埋进这海套着海的黑色大洋，
我微妙的精神，有船摇的抚爱，
将再度找到你，哦丰饶的倦怠！
香气袭人之闲散的无尽摇荡！

蓝色的头发，黑夜张起的穹庐，
你为我让天空变得浑圆深广，
在你那头发的岸边绒毛细细，
我狂热地陶醉于混合的香气，
它们发自椰子油、柏油和麝香。

长久！永远！你的头发又密又稠，
我的手把红蓝宝石、珍珠播种，
为了让你永不拒绝我的欲求！
你可是令我神游的一块绿洲？
让我大口吮吸回忆之酒的瓶？

我崇拜你有如那黑夜的穹宇*

我崇拜你有如那黑夜的穹宇，
啊忧伤之瓶，高高的女郎不语，
我爱你，美人，尤其是你躲着我，
尤其是我觉得你装饰我的夜，
更加嘲讽地增加着我的手臂
和那无边无际的蓝天的距离。

我向前进攻，匍匐着发起了冲锋，
就像跟住一具尸体的一片蛆虫，
我珍爱，无动于衷的残忍野兽！
直至那种冷淡，你因此而更美！

* 本诗首次发表于 1857 年，约作于 1843 年。

你能把全宇宙放进你的内屋*

你能把全宇宙放进你的内屋，
肮脏女人！无聊使你灵魂冷酷。
为用奇特的游戏磨炼你的牙，
每天都必须有一颗心脏上架。
你的眼睛，像店铺里有了光亮，
又像节日里烛台上闪闪发光，
肆无忌惮地运用借来的权威，
从来不知道自己的美的法规。

又瞎又聋的机器，倒富于残暴！
保健的工具，吸食世人的鲜血，
你怎么不感到羞愧，怎么竟未
在镜子里看见你的魅力减退？
你自诩精通的那种崇高的恶
从来不曾使你因恐怖而退缩，
而自然极善于隐蔽它的愿望，
利用着你，女人啊，罪孽之女王，

* 本诗首次发表于 1857 年，作于 1843 年前后。

——利用你，卑贱的兽，把天才塑造。

啊污秽的伟大！啊卑鄙的崇高！

还不满足*

古怪的女神，夜一般的褐皮肤，
有混合着麝香和烟草的芳芬，
草原的浮士德，某奥比[1]的作品，
黑夜的孩子，胁若乌木的女巫，

与贡斯当司、鸦片和努依[2]相比，
我更喜欢你炫耀着爱的口津；
当我的欲望马队般向你走近，
你的眼是我的无聊的饮水池。

从这两只黑眼中，你灵魂的窗，
无情的恶魔呀！少将欲火施放；
我不是冥河，不能把你抱九次[3]，

唉！而且我不能，淫荡的墨格拉[4]，

---

* 本诗首次发表于 1857 年，作于 1842 至 1843 年间。

1 即巫师、魔术师。

2 贡斯当司和努依都是酒的名称。

3 传说冥河绕地狱环流九次。

4 Megaira，希腊神话中的复仇女神之一。

为了粉碎你的勇气、置之绝地，

做地狱之床的普罗塞耳皮娜[1]！

1 Proserpina，罗马神话中冥王的妻子，性淫荡。

她的衣衫起伏波动，有珠光色*

她的衣衫起伏波动，有珠光色，
就是走路，人们也以为是跳舞，
仿佛修长的蛇，神圣的杂耍者
用木棒的一端有节律地拨触。

仿佛大漠的天空和愁闷的沙，
对人类的痛苦都是麻木不仁，
仿佛海上的涌浪把巨网撒下，
她满不在乎地随意舒展腰身。

她光滑的眼，迷人的矿石做成，
在这个奇特的、象征的天性里，
有纯洁的天使，古代的人面狮，

一切都是黄金、钢、钻石和光明，
像无用的星球永远辉煌灿烂，
不育的女人显出冰冷的威严。

* 本诗首次发表于 1857 年 4 月 20 日《法兰西评论》。

舞蛇*

懒人儿，我多爱看你
美丽的身上，
像一块抖动的料子，
皮肤闪闪亮！

你的头发幽深浓密，
香气呀好冲，
像海洋芬芳而恣肆，
波涛蓝又棕，

仿佛一条苏醒的船
迎着晨风起，
我们灵魂遐想万端
扬帆远天驰。

你的眼睛丝毫不露
甜蜜或苦涩，

---

* 本诗首次发表于《恶之花》初版，第二十六首。

如两件冰冷的饰物，
混合金与铁。

看你走得袅袅娜娜，
美人好懒散，
人们都说是一条蛇，
棒端舞翩跹。

懒惰如同一记重负，
孩子般的头
软绵绵地支撑不住，
如幼象一头。

看你躯体横陈舒展，
似一叶扁舟，
摇摇晃晃永不间断，
桅桁入水流。

仿佛冰川轰然融化，
波浪添浩瀚，
你的嘴里津液增加，
汪汪上齿岸。

我像喝了波希米亚酒，
苦涩复醉人，

流动的天群星聚凑，

播撒在我心。

腐尸 *

亲爱的，想想我们见过的东西，
夏日的清晨多温和：
小路拐弯处一具丑恶的腐尸，
在碎石的床上横卧，

仿佛淫荡的女人，把两腿高抬，
热乎乎地冒着毒气，
她懒洋洋地，恬不知耻地敞开
那臭气熏天的肚子。

太阳照射着这腐烂的一大团，
像要把它烤得透熟，
仿佛要向大自然百倍地归还
它结为一体的万物；

天空凝视着，这尸体真是绝妙，
像花朵一样地开放。

* 本诗作于 1843 年之前，首次发表于《恶之花》初版，在 1861 年版中是第二十九首。诗中的“腐尸”一般认为是一具狗的尸体。

臭气那样强烈，你觉得就要
昏厥晕倒在草地上。

腐败的肚子上苍蝇嗡嗡聚集，
黑压压一大群蛆虫
爬出来，好像一股黏稠的液体，
顺着活的皮囊流动。

它们爬上爬下仿佛浪潮阵阵，
横冲直撞亮光闪闪；
仿佛有一股混沌的气息吹进，
这具躯体仍在繁衍。

这世界奏出一阵奇特的音乐，
好像流水，又好像风，
像簸谷者做出有节奏的动作，
把籽粒颠簸和搅动。

形式已消失，只留下依稀的梦，
一张迟来的草稿图，
在遗忘的画布上，画家的完成
仅仅凭着记忆复出。

一只母狗愤怒地把我们观望，
焦躁不安，躲在石后，

等待着时机，要从尸骸的身上，
重新咬住那一块肉。

——而将来您也会像这垃圾一样，
像这恶臭可怖可惊，
我眼睛的星辰，我天性的太阳，
您，我的天使和激情！

是的，您将如此，哦优美之女王，
领过临终圣礼之后，
当您步入草底和花下的辰光，
在累累白骨间腐朽。

那时，我的美人啊，告诉那些蛆，
接吻似的把您啃噬：
我的爱虽已解体，但我却记住，
其形式和神圣本质！

从深处求告*

我求你怜悯，你呀，我唯一的爱，
从阴暗的渊底，心已掉了进去。
铅色的天际，是个愁闷的地域，
黑夜里恐怖和亵渎游去荡来；

一个不热的太阳飘浮六个月，
另六个月里黑夜笼罩着大地；
这是个比极地还荒芜的国度；
——没有鸟兽和溪流、树木和绿色！

所以世界上没有恐怖能超出
这冰一样的太阳寒冷的残酷
和太古混沌一样的黑夜茫茫；

我羡慕最卑贱的动物的境况，
它们能沉入浑浑噩噩的睡眠，
可时间的线团倒得如此之慢！

---

* 本诗首次发表于 1851 年 4 月 9 日《议会信使》。

吸血鬼*

你呀，仿佛一把尖刀，
扎进我呻吟的心里，
你呀，壮似一群魔妖，
疯疯癫癫，盛装而至，

把我那受辱的精神，
做成你的床和地产
——我和无耻连得紧紧，
像苦役犯拖着锁链，

像赌棍离不开赌博，
像酒鬼离不开酒瓶，
像腐尸离不开蛆虫，
——恶魔呀，你真是恶魔！

我请求有一把快刀，
斩断锁链还我自由，

---

* 本诗首次发表于 1855 年 6 月 1 日《两世界评论》。

我请求有一剂毒药，
来把我的软弱援救。

唉，毒药和快刀都说，
对我充满傲慢蔑视：
“你不值得人们解脱
你那可诅咒的奴役，

“蠢货，如果我们努力
使你摆脱她的王国，
你的亲吻又将复活
你那吸血鬼的尸体！”

某夜我在可怕的犹太女身旁*

某夜我在可怕的犹太女身旁，
仿佛一具尸体挨着一具尸体，
挨着出卖的肉体我蓦然想起
我渴求而不得的忧郁的姑娘。

我心中呈现出她天生的威严，
她的目光用力量和优雅武装，
她的头发成了盔散发出芳香，
想起来我的爱情就重又点燃。

因为我会狂吻你高贵的肉体，
从清凉的脚直到乌黑的发髻，
打开深藏着柔情蜜意的宝库，

若某个晚上，轻松地流出泪滴，
你只要能够，女王啊你好凶残！
让你冷峻的眸子的光辉暗淡。

* 本诗首次发表于 1857 年，约作于 1842 至 1843 年间。

死后的悔恨*

我美丽的黑美人，当你将睡在
用黑大理石砌就的坟墓深处，
只有漏雨的地窖、凹陷的沟渠
来充当你的卧房和你的住宅；

当碑石压住你那胆怯的胸脯
和你那慵倦迷人的袅袅腰肢，
让你那颗心停止跳动和希冀，
让你那双脚不能去情场追逐，

而坟墓，我那无边梦想的知己，
（因为啊坟墓总能够理解诗人）
在那不能成眠的漫漫长夜里，

将对你说：“你这妓女真不称心，
若不知死者的悲伤，何用之有？
——蛆虫将如悔恨般啃你的皮肉。”

* 本诗首次发表于《恶之花》初版，第三十二首。

猫*

来，美丽的猫，靠着我多情的心；
收住你脚上的利爪，
让我深深沉入你美丽的眼睛，
那儿有金属和玛瑙。

当我的手指怡然自得地抚摩
你的头和弹性的背，
当我的手醺醺然陶醉于快乐，
轻拍你带电的身体，

我就想起了我女人，她的目光
就像你的一样，爱兽，
深沉冰冷，切断劈开有如标枪，

从她的脚到她的头，
一种精微的气息，危险的芳香
围着棕色躯体荡漾。

* 本诗首次发表于 1857 年，约作于 1852 年。

决斗*

两斗士面对面冲去，手中武器
让空气中飞溅着鲜血和白光。
这游戏，这铁的撞击声原来是
陷入啼闹的爱的青春在吵嚷。

利剑折断了！就像我们的青春，
亲爱的！可是牙齿指甲更锐利，
立刻为靠不住的长短剑雪恨。
啊，人心为爱积怨是多么暴戾！

山沟里常有薮猫[1]和云豹出没，
我们的英雄狠狠抱住滚下去，
他们的皮肤使干荆绽出花朵。

——这挤满友朋的深渊乃是地狱！
滚下去，别后悔，无情的女战士，
让我们仇恨的活力永无休止！

---

* 本诗首次发表于 1858 年 11 月 19 日《艺术家》。

1 西非猫科动物，猞猁属，腿长，毛色深而有黑斑，性凶猛。

阳台*

我的回忆之母，情人中的情人，
我全部的快乐，我全部的敬意！
你呀，你可曾记得抚爱之温存，
那炉边的温馨，那黄昏的魅力，
我的回忆之母，情人中的情人！

那些傍晚，有熊熊的炭火映照，
阳台上的黄昏，玫瑰色的氤氲。
你的乳房多温暖，你的心多好！
我们常把些不朽的事情谈论。
那些傍晚，有熊熊的炭火映照。

温暖的黄昏里阳光多么美丽！
宇宙多么深邃，心灵多么坚强！
我崇拜的女王，当我俯身向你，
我好像闻到你的血液的芳香，
温暖的黄昏里阳光多么美丽！

---

* 本诗首次发表于 1857 年 5 月 17 日《阿朗松报》，是 1861 年版《恶之花》的第三十六首，一向以其音乐性为人称道。

夜色转浓，仿佛隔板慢慢关好，
暗中我的眼睛猜到你的眼睛，
我啜饮你的气息，蜜糖啊毒药！
你的脚在我友爱的手中入梦。
夜色转浓，仿佛隔板慢慢关好。

我知道怎样召回幸福的时辰，
蜷缩在你的膝间，我重温过去。
因为呀，你慵倦的美哪里去寻，
除了你温存的心、可爱的身躯？
我知道怎样召回幸福的时辰。

那些盟誓、芬芳、无休止的亲吻，
可会复生于不可测知的深渊，
就像在深邃的海底沐浴干净、
重获青春的太阳又升上青天？
那些盟誓、芬芳、无休止的亲吻。

魔鬼附身者*

太阳蒙上一重黑纱，像它一般，
哦，我生命的月亮，裹上阴影吧；
睡觉抽烟，随便；别快活，别说话，
整个地沉入无聊做成的深渊；

我喜欢你这样！可今天你若要，
如一颗走出黑暗的被遮的星，
在拥挤着疯狂的地方摆威风，
那好！迷人的匕首，就让你出鞘！

用吊灯的烛火照亮你的眸子！
在乡巴佬的目光里点燃情欲！
我喜欢你的一切，活跃或有病；

随便吧，黑色的夜，红色的晨曦；
我颤抖的身上没有一根神经
不叫："亲爱的别西卜[1]呀，我崇拜你！"

---

* 本诗首次发表于1859年1月20日《法兰西杂志》。这是一首咏让娜·杜瓦尔的诗。

1 Beelzebub，《圣经》中鬼王之名。

一个幽灵*

一　黑夜

有一座忧凄难测的地窖，
命运已把我丢弃在那里，
粉红快活的阳光进不去，
我独自陪伴阴郁的夜神，

我像个画家，上帝嘲弄人，
唉！判处我把黑夜来描绘；
用令人悲伤的东西调味，
我把我的心煮来当食品，

一个优雅而光辉的幽灵，
不时地闪亮，伸长，又展开，
直到显出了整个的身影。

从那梦似的、东方的姿态，
我认出了我的美人来访：

* 本诗首次发表于1860年10月15日《艺术家》。

这就是她啊！黝黑而明亮。

二　芳香

读者啊，你可曾有过几次
醺然悠然地品味着那样，
闻闻香囊中的陈年麝香
或者弥漫着教堂的香粒？

深而奇的魅力令人醉杀，
往日的岁月在现在复现！
情人在珍爱的躯体上面
采撷回忆之美妙的鲜花。

她柔软的头发又厚又沉，
活的香囊，深闺里的香炉，
有蛮荒野兽的气味袅出，

还有细布或丝绒的衣裙，
也把她纯洁的青春充溢，
散发出一种毛皮的香气。

三　画框

一幅画镶上漂亮的画框，

尽管出自很有名的画笔，
当它与广大的自然分离，
总有无名的奇特和迷狂。

珠宝、家具、金属、包金饰物，
正与她稀世的美相配匹，
她无瑕的光芒无法遮蔽，
都像是画框听凭她摆布。

甚至有时候她竟然以为
万物都把她爱恋；她也会
满怀快感地把她的裸体

淹没于绫罗绸缎的亲吻，
或疾或徐地扭动着腰肢，
显示出猴子的优雅天真。

四　肖像

种种情火为我们飞烈焰，
疾病和死亡将其化成灰。
那么热情而温柔的大眼，
那张吞没了我的心的嘴，

像白蘚[1]一样浓郁的亲吻，
比阳光还要炽热的情怀，
还剩下什么？可怕，哦灵魂！
唯有三色的图[2]，十分苍白，

像我一样在孤独中死去，
而时间，这不公正的老头，
每天都用硬硬的翅擦拭……

生命和艺术的阴险凶手，
你不能在记忆中杀死她，
她曾是我的快乐和荣华！

1 芸香科植物，气味浓郁。

2 一种用黑笔、红笔、白笔在彩纸上画的素描。

我赠你这些诗，如果我的名字*

我赠你这些诗，如果我的名字，
能幸运地在遥远的后世登上
朔风劲吹下扬帆的一艘大舫，
晚上让世人的脑子魂牵梦系，

仿佛无稽的传说[1]，对你的怀想，
扬琴一般让读者感到了疲倦，
却因一种友好而神秘的链环
永远地挂在我高傲的韵脚上；

你被诅咒，从深不可测的渊底
到最高的天，除了我无人理你！
——你啊，好像是倏忽即逝的幽魂，

用轻盈的双脚和平静的目光
践踏那些认为你尖刻的愚人，
眼若煤玉，额似青铜，你这雕像！

---

* 本诗首次发表于 1857 年 4 月 20 日《法兰西评论》。这是最后一首咏让娜·杜瓦尔的诗。

1 有“陈词滥调”之意。

永远如此*

您曾问："您哪来的这奇特的愁，
好像潮水涌上黑而光的岩石？"
——当我们的心收过了葡萄之后，
生活就是痛苦了。皆知的秘密，

一种单纯而并不神秘的痛苦，
就像您的快乐，谁都看得明白[1]。
那就别追问了，哦好奇的美女！
尽管您声音温柔，也别把口开！

住嘴，无知者！总是快活的灵魂！
嘴上是幼稚的笑！死亡比生命
常用更精细的锁链拴住我们。

让我的、让我的心陶醉于谎言[2]，

---

* 本诗首次发表于 1860 年 5 月 15 日《当代评论》，咏唱的对象是萨巴蒂埃夫人。

1 参看《给一个过于快活的女郎》，被删诗之一。

2 参看《虚幻之爱》，第九十八首。

像沉入美梦一般沉入你的眼，

在你的睫毛荫护下久久入睡！

全部的她*

在我的顶楼里，魔鬼
今天早晨来拜访我，
试图让我毫无准备，
对我说："我很想晓得，

"在所有美的东西中，
那造成了她的魅力，
在黑或粉红的物中，
那构成了她的躯体，

"何者最美?"——我的灵魂，
你来回答这可憎者：
"她的一切都是安慰，
没有什么可以选择。

"全都令我销魂，不知
还有什么把我诱惑。

* 本诗首次发表于1857年4月20日《法兰西评论》，咏唱的对象是萨巴蒂埃夫人。

她灿烂得有如晨曦，
让人宽慰又似黑夜；

“而且和谐太过精致，
统领她美丽的身段，
那无能为力的分析
不能记下众多和弦。

“啊，变化真神秘莫测，
我的感觉融而为一！
她的呼吸化为音乐，
她的声音散发香气！”

今晚你将说什么，孤独的灵魂*

今晚你将说什么，孤独的灵魂
我的心、憔悴的心，你将说什么，
对那个很美、很好、很亲近的人？
她目光神圣，你突然青春重获。

——我们用我们的骄傲把她颂扬，
她的威严比什么都温柔甜蜜，
她的超凡肉体有天使的馨香，
她的眼给我们披上了光之衣，

无论是在黑夜，还是在孤独中，
无论是在小巷，还是在人群中，
她的幽灵有如火炬在空中飞，

有时她说："我是美的，我命令你，
为了我的爱情，你只能热爱美，
我是天使，我是缪斯，我是圣母。"

---

* 本诗首次发表于1855年1月15日《巴黎评论》，咏唱的对象是萨巴蒂埃夫人。

活的火把*

这双眼睛走在前面，充满了光明，
定有大智的天使给了它磁力；
走啊，这神圣的兄弟是我兄弟，
把钻石般的火摇进我的眼睛。

它从陷阱和重罪中把我救下，
它又把我引上通往美的道路；
它是我的仆人，我是它的顺奴，
我全身心地听从这活的火把。

迷人的眼，神秘的光熠熠闪烁，
如同白日里燃烧的蜡烛；太阳
红彤彤，却盖不住这奇幻的火；

蜡烛庆祝死亡，你把觉醒歌唱；
走啊，一边歌唱我灵魂的觉醒，
你任何太阳也遮掩不住的星！

---

* 本诗首次发表于 1857 年 4 月 20 日《法兰西评论》，咏唱的对象是萨巴蒂埃夫人。

通功*

快活的天使啊，你可认识焦灼、
羞愧、悔恨、哭泣、无聊，还有种种
可怕的夜里压迫人心的惊恐，
模模糊糊却像把一张纸揉搓？
快活的天使啊，你可认识焦灼？

善良的天使啊，你可认识恨怨，
暗中握紧的拳头、刻毒的眼泪，
当复仇女神把地狱之鼓敲擂，
并做了我们种种能力的总管？
善良的天使啊，你可认识恨怨？

健康的天使啊，你可认识发热，
沿着苍白的慈善医院的高墙，
像那些被放逐的人，脚步踉跄，
寻找着稀罕的阳光，嘴唇哆嗦？
健康的天使啊，你可认识发热？

* 本诗首次发表于 1855 年 6 月 1 日《两世界评论》，作于 1853 年，5 月 3 日寄给了萨巴蒂埃夫人。通功为天主教神学名词，谓教中人可以彼此通功。

美丽的天使啊，你可认识皱纹，
对衰老的恐惧和可憎的苦恼，
因为我们贪饮的眼睛看出了
情人眼里暗藏着献身的厌恨？
美丽的天使啊，你可认识皱纹？

充满幸福、喜悦和光明的天使，
濒死的大卫王[1]也一定会希望
你迷人身躯散发出来的健康；
然而我只求你为我祈祷，天使，
充满幸福、喜悦和光明的天使！

1 《旧约·列王记上》第一章：“大卫王年纪老迈，虽用被遮盖，仍不觉暖”，臣下劝他“寻找一处女，使她伺候王，奉养王，睡在王的怀中”。

忏悔*

一次，就一次，可爱温柔的女人，
您光滑的手臂靠在
我的手臂上（就我阴暗的灵魂，
这记忆绝不曾苍白）；

天色已晚；宛若一枚新的勋章，
一轮满月照在当空，
而夜色的庄严，仿佛一条大江
在沉睡的巴黎流动。

沿着座座房舍，在宽敞的门里，
猫儿跑过，悄无声音，
竖起耳朵，或者，像可爱的影子
慢悠悠地跟着我们。

自由的亲密映着苍白的月光
花一般开放，突然间，

* 本诗首次发表于 1855 年 6 月 1 日《两世界评论》，为萨巴蒂埃夫人而作。

自您口中，乐器声丰富而嘹亮，
唯辉煌的快乐震颤，

自您口中，如军乐队明亮热闹，
沐浴着早晨的光辉，
一个哀怨的音调，古怪的音调
逸出，一路颤颤巍巍

像羸弱、难看、阴沉、肮脏的女孩，
她的家庭感到害臊，
为了不让世人看见，长期以来
把她秘密藏进地窖。

可怜的天使，她唱道，调子刺耳：
“世间一切都不可靠，
它无论多么细心地涂脂抹粉，
人的自私仍露马脚；

“做漂亮女人真是一件苦差事，
如舞女般职业平凡，
疯疯癫癫，冷漠无情，傻乎乎地
做着那机械的笑颜；

“在人心上建造乃是蠢举一桩，
爱情和美，轰然倒塌，

直至遗忘把它们扔进了背筐，
送还永恒无际无涯！”

我常常回想那轮迷人的月亮，
那种寂静，那种慵倦，
那种低语喃喃的可怕的衷肠，
在心的忏悔室里边。

精神的黎明*

朱红白亮的晨曦，噬人的理想，
手挽着手射入堕落者的房中，
一种报复性的神秘起了作用，
天使醒了，在沉睡的野兽身上。

精神宇宙的不可企及的碧空，
为了那梦想并痛苦的沮丧者，
带着深渊的吸引力洞开、隐没。
亲爱的女神，澄明纯洁的生命，

愚蠢的欢宴，残羹上烟气缭绕，
你的面影更加清晰、绯红、妩媚，
在我睁大眼睛前不停地翻飞。

太阳的光照黑了蜡烛的火苗；
你的幻影，这光辉灿烂的灵魂，
百战百胜，就像太阳永世长存！

---

* 本诗首次发表于 1855 年 6 月 1 日《两世界评论》，为萨巴蒂埃夫人而作。

黄昏的和谐*

那时辰到了，花儿在枝头颤震，
每一朵都似香炉散发着芬芳；
声音和香气都在晚风中飘荡；
忧郁的圆舞曲，懒洋洋的眩晕！

每一朵都似香炉散发着芬芳；
小提琴幽幽咽咽如受伤的心；
忧郁的圆舞曲，懒洋洋的眩晕！
天空又悲又美，像大祭台一样。

小提琴幽幽咽咽如受伤的心，
温柔的心，憎恶广而黑的死亡！
天空又悲又美，像大祭台一样；
太阳在自己的凝血之中下沉。

温柔的心，憎恶广而黑的死亡，
收纳着光辉往昔的一切遗痕！

---

* 本诗首次发表于 1857 年 4 月 20 日《法兰西评论》，为萨巴蒂埃夫人而作。

太阳在自己的凝血之中下沉……

想起你就仿佛看见圣体发光！

香水瓶*

有强烈的芳香，无论什么物质，
都能穿透。据说还能进入玻璃。
若打开一只来自东方的小盒，
锁吱吱地叫唤，喊叫着不快活，

或者在废弃的屋里打开衣柜，
充满岁月的呛味，发黑而多灰，
有时发现旧香水瓶，余香尚存，
活生生地冒出了复现的灵魂。

千万思想沉睡着，像阴森的蛹，
在浓重的黑暗中轻轻地抖动，
它们伸开了翅膀，并飞了起来，
染上了天蓝、蔷薇、黄金的色彩。

于是，回忆令人沉醉，飞舞翩翩
在浑浊的空气中；闭上眼；眩晕

* 本诗首次发表于 1857 年 4 月 20 日《法兰西评论》，为萨巴蒂埃夫人而作。

抓住失败的灵魂，双手推着它，
朝人间疫气的无底黑洞走下；

把它翻倒在古老的深渊边上，
发臭的拉撒路[1]撕破裹尸衣裳，
这幽灵的尸体在复苏中扭动，
不忘变馊的旧情，迷人而阴森。

这样，等到我在世人的记忆里
消失，进入阴森的衣柜角落里，
等到人们扔掉我，旧的空香水瓶，
衰朽、多灰、肮脏、卑鄙、发黏、裂纹，

我将做你的棺材，可爱的疫瘟！
做你的力量与毒性的见证人，
天使调制的珍贵毒药！这液体
啮咬着我，哦我的心之生与死！

1 Lazarus，病人拉撒路已死四天，葬在墓中，用石头挡着。耶稣叫人挪开石头，唤他出来，死人就出来了，手脚裹着布，脸上包着手巾……事见《新约·约翰福音》第十一章。

毒*

葡萄酒善于把最肮脏的破屋
用豪华与神气饰装，
让许多令人难以置信的柱廊
浮出于金黄的红雾，
仿佛一轮落日在多云的天上。

鸦片能扩大无边无际的东西，
而且能把无限延长，
它加深了时间，还把快乐增强，
用阴郁沮丧的快意
装满我们的灵魂，超过其能力。

所有这一切都比不上那种毒
流自你的眼，绿的眼，
那两口湖，我的灵魂颤抖，倒看……
我的梦幻蜂拥塞途，
来此苦涩的深渊把干渴解除。

* 本诗首次发表于 1857 年 4 月 20 日《法兰西评论》，为玛丽·多布伦而作。

这些都比不上你啮人的口涎
所具有的可怕魔力，
把我无悔的灵魂投进遗忘里，
让它感到头晕目眩，
在死亡之岸转得它虚弱不堪！

乌云密布的天空*

你的目光仿佛蒙着一重雾气；
你的神秘的眼（蓝的？灰的？绿的？）
时而温柔，时而恍惚，时而凶残，
反射着天空的麻木以及暗淡。

神经受到无名的烦恼的振奋，
过于警醒而嘲弄沉睡的精神，
你唤起明亮、温馨、朦胧的往日，
让迷醉的心灵在泪水中沉溺。

你有时候就像那美丽的天边，
雾季的太阳照得它明亮耀眼……
乌云密布的天空落下了火光，
你这湿润的风景是何等辉煌！

啊危险的女人，啊诱人的地方，
我可会也爱你的白雪和浓霜？

---

* 本诗首次发表于《恶之花》初版，第四十六首，为玛丽·多布伦而作。

我可能从严寒的冬天里获得
比冰和铁更刺人心肠的快乐?

猫*

一

它在我脑子里徜徉，
俨然在自己的家里，
强壮，温柔，迷人，美丽。
这猫叫得一点不响，

音色多轻柔，多隐蔽；
然而或平静或发怒，
声音总低沉而丰富。
这就是魅力和秘密。

这清亮的声音渗进
我那最阴暗的心底，
裹住我如和谐的诗，
又似媚药令我欢欣。

平复最残酷的患疾，

* 本诗首次发表于《恶之花》初版，第四十七首，为玛丽·多布伦而作。

又包含种种的癫狂，
说出的话可以最长，
竟然能够不着一字。

没有弓子可以摇撼
我的心，这完美的琴，
让它更豪迈地颤震
那根最最感人的弦，

唯有你的声音，你这
神秘、纯洁、奇异的猫，
你的一切都很美妙，
如天使般精微和谐！

二

它金色与褐色的毛
散发出甘美的香气，
某夜我只摸了一次，
就满身地芬芳缭绕。

这是常来往的精灵，
它判断、主宰和启示
它属下的万事万物；
它是仙女还是神明？

当我的眼如被磁石
吸引，驯服地转向了
我所珍爱的这只猫，
当我在内心自省时，

我惊奇地看见了火
从苍白的眸子射出，
这明灯，活的猫眼石，
在死死地观望着我。

美丽的船*

我想对你讲，哦懒洋洋的魔女！
装点着你的青春的种种美质；
想对你描绘你的美，
那里面童稚和成熟相互融会。

你若穿着宽大的裙鼓风而来，
就像一艘美丽的船驶向大海，
张起风帆，徐徐行走，
有一种轻柔、慵懒、舒缓的节奏。

你的脖子浑圆，肩头胖嘟嘟的，
高扬着头，有一种奇特的雅致，
神情平静，得意扬扬，
你走你的路，气宇庄严的姑娘。

我想对你讲，哦懒洋洋的魔女！
装点着你的青春的种种美质；

---

* 本诗首次发表于 1857 年，咏玛丽·多布伦。

想对你描绘你的美，
那里面童稚和成熟相互融会。

你的胸脯前挺，顶住波纹绸衣，
你得意的胸脯是漂亮的柜子，
面板既光亮又饱满，
好像是一只盾牌勾住了闪电；

撩人的盾，装上玫瑰色的突起！
柜里有秘密甘甜，满是好东西，
葡萄酒、烧酒和芳香，
能让大脑和心脏兴奋又发狂！

你若穿着宽大的裙鼓风而来，
就像一艘美丽的船驶向大海，
张起风帆，徐徐行走，
有一种轻柔、慵懒、舒缓的节奏。

你那高贵的双腿，踢起了裙边，
折磨着暗中的情欲，如熬如煎，
犹如两个巫婆晃摇
一个深瓶子里的黑色的媚药。

你的手臂能戏耍早熟的力士，
乃是亮光闪闪的巨蟒的劲敌，

生来是为抱住不放
你的情人，像要把他印在心上。

你的脖子浑圆，肩头胖嘟嘟的，
高扬着头，有一种奇特的雅致，
神情平静，得意扬扬，
你走你的路，气宇庄严的姑娘。

邀游*

孩子，小妹妹，
想想多甜美，
到那边共同生活！
尽情地恋爱，
爱与死都在
和你相像的邦国！
阳光潮湿了，
天空昏暗了，
我爱你眉目含情，
种种的魅力，
那样神秘，
照亮了珠泪莹莹。

那里，是整齐和美
豪华，宁静和沉醉

家具亮闪闪，

* 本诗首次发表于 1855 年 6 月 1 日《两世界评论》，为玛丽·多布伦而作。

被岁月磨圆，
装饰我们的卧房；
最珍奇的花，
把芬芳散发，
融进琥珀的幽香，
绚丽的屋顶，
深邃的明镜，
东方的辉煌灿烂，
都对着心灵
悄悄地使用
温柔的故乡语言。

那里，是整齐和美，
豪华，宁静和沉醉。

看那运河上，
船儿入梦乡，
流浪是它的爱好；
为了满足你
最小的希冀，
它来自天涯海角。
——西下的太阳，
把金衣紫裳
盖住整座的城市，
原野和运河；

世界睡着了，
在温暖的光明里。

那里，是整齐和美，
豪华，宁静和沉醉。

不可救药的*

我们能否消除老而长的悔恨，
它活着，还摇晃、扭曲，
靠我们为生，就像蛆虫靠死人，
就像毛毛虫靠橡树？
我们能否消除不宽容的悔恨？

何种媚药、何种美酒、何种药茶，
我们能淹死这宿敌，
毁灭一切、贪得无厌有如娼家，
又耐心顽强似蚂蚁？
何种媚药？何种美酒？何种药茶？

说呀，美丽的女巫，啊！知道就说，
对这忧心忡忡的人，
他已像伤员重压下的垂死者，
又受到马蹄的蹂躏，
说呀，美丽的女巫，啊！知道就说，

* 本诗首次发表于1855年6月1日《两世界评论》。玛丽·多布伦曾经在一出梦幻剧《金发美女》中担任主角，这首诗即咏此事。

对这濒死的人，狼已闻到了他，
乌鸦也在把他窥伺，
对这疲惫的士兵！假使他抛下
对勋章、坟墓的希冀；
可怜濒死士兵，狼已闻到了他！

能否照亮浑浊而黢黑的天空？
能否撕破重重黑暗，
比沥青还稠密，没有夜晚、早晨，
没有星光、阴森的闪电？
能否照亮浑浊而黢黑的天空？

闪烁于客栈的窗户间的希望
已被吹灭，有死无生！
没有月亮，没有光明，栖身何方，
走错路的受难之人！
魔鬼扑灭了客栈窗间的灯光[1]。

可爱的女巫，你喜欢被咒之人？
说，你可知不赦之事？
你可认识悔恨，它拿我们的心
当作射毒箭的靶子？
可爱的女巫，你喜欢被咒之人？

1 指剧中的一个场面。

不可救药的用被咒的牙啃蛀
我们的心，可怜的碑，
它还常常像白蚁一样从基础
对建筑物进行损毁。
不可救药的用被咒的牙啃蛀！

——有时我看见，一平庸的剧场里
喧闹的乐队正起劲，
仙女在地狱一般的天上燃起
一片奇迹般的黎明；
有时我看见，一平庸的剧场里

有一人，不过是光明、薄纱、黄金[1]，
击倒了伟岸的魔王；
可是我的心，从未有狂喜光临，
是让人等待的剧场，
总是空等，空等翼若薄纱的人！

1　指玛丽·多布伦所扮角色的饰物。

倾谈*

您是秋日的晴空，粉红而明朗！
可忧愁似海潮在我心中涨起，
退潮时在我闷闷不乐的唇上
留下苦涩泥土的灼人的回忆。

——我的胸已瘪，你的手徒然抚摸，
我的朋友，你要找的那个地方，
已被女人的尖牙和利爪撕破，
别找了，我的心已被野兽吃光。

我的心是被人群践踏的宫殿；
他们酗酒、残杀、揪住头发厮打！
——您的胸脯裸露，四周香气弥漫！……

美人，你这灵魂的无情的梿枷！
用你狂欢中明亮冒火的眼睛
将野兽吃剩的残骸烧成灰烬！

* 本诗首次发表于《恶之花》初版，第五十一首，为玛丽·多布伦而作。

秋歌*

一

我们就要沉入冰冷的黑暗中；
夏日苦短，永别了，强烈的光亮！
我已经听见了忧郁的撞击声，
树枝噼啪落在院中的小路上。

整个冬天将回到我心中：愤慨、
怨恨、战栗、恐怖、重而苦的劳动，
我的心只会是红而冷的一块，
就像太阳落在北极的地狱中。

我瑟瑟地听木柴一块块落下，
搭绞架的回声也不如此沉闷，
我的精神好似堡垒终于倒塌，
受了沉重不倦的撞角的击震。

这单调的声音使我晃晃悠悠，

* 本诗首次发表于 1859 年 11 月 30 日《当代评论》，为玛丽·多布伦而作。

似某处有人把棺材匆匆地钉，
为谁？——昨天还是夏，今日已成秋！
这神秘的声音响起，仿佛起程。

二

我爱您那双长眼碧绿的光辉，
温柔的美人，我今天事事堪伤，
您的爱，您的炉火和您的客厅
我看都不及海上辉煌的太阳。

然而，爱我吧，亲亲！母亲一般，
哪怕他不报恩，哪怕他很凶恶，
情人或姐妹，给我壮丽的秋天
或西下的太阳那短暂的温和。

为时不长！坟正等待；它多贪婪！
啊！让我把额头放在你的膝上，
心怀惋惜品味白而热的夏天
和那晚秋的柔和而金黄的光！

给一位圣母*

西班牙风的还愿品

我愿为你修筑，圣母，我的主妇，
地下的祭坛，在我的痛苦深处，
在我的心的最黑暗的角落里，
远离世俗的欲望、嘲讽的注视，
挖个壁龛，装饰得金碧辉煌，
你挺立在里面，可惊叹的雕像。
用我精练的诗句，纯的金属网，
巧妙地饰以水晶韵脚的星光，
我为你的头做一顶巨大的冠；
凡胎的圣母啊，我再为你裁剪
一件蛮式的大衣，用我的忌妒，
坚挺而厚重，加上猜疑做衬护，
会像岗亭一样封住你的魅力；
不用珍珠缝绣，而用我的泪滴！
你的长袍，那是我的情欲，战栗，
起伏，我的情欲升上落下不止，
在顶峰是摇摆，在谷地则休憩，

---

* 本诗首次发表于1860年1月22日《自由谈》，咏玛丽·多布伦。

用吻盖满你白里透红的躯体。
我要做双漂亮鞋，用我的尊敬，
缎子的，供你那神圣的脚欺凌，
它把你的脚抱在柔软的怀里，
像个忠实地留下印记的模子。
我的技艺虽无微不至，仍不能
雕一轮银的月亮做你的脚凳，
我就把那噬咬我的腑脏的蛇[1]
放在你的脚下，让你嘲笑折磨，
拯救能力广大的胜利女王啊，
这浑身充满怨恨、唾沫的凶煞。
你会看到我的思想，仿佛蜡烛
排在圣母的祭坛前，花团锦簇，
蓝色的天棚上反射点点星光，
火一样的眼睛一直把你观望；
我的一切都赞赏你，视你为宝，
都变成安息香、乳香、沉香、没药，
而朝着你，盖满雪的白色峰顶，
我的狂飙精神雾气一般上升。

最后，为完成你的马利亚角色，
为了把爱情和野蛮相互混合，
阴暗的快感！我这无悔刽子手

1 指忌妒。

要用七大罪孽做成七把匕首，
磨得飞快，像无情的江湖术士，
把你的爱情的最深处当靶子，
把匕首全插进你抽动的心中，
你啜泣的心中，你流血的心中！

午后之歌*

尽管你眉毛凶恶，
让你的神情怪异，
那可不是天使的，
眼睛诱人的巫婆，

我爱你，轻薄女哎，
我那可怕的激情！
怀着教士的虔敬，
把他的偶像崇拜。

沙漠和森林，熏香
你那粗硬的头发，
你那头的姿态呀，
就像谜语和秘方。

你的肉仿佛香炉，
散发出香气氤氲；

* 本诗首次发表于1860年10月15日《艺术家》。

你像黄昏般迷人，
黝黑热情的仙女。

啊！最强烈的媚药，
抵不上你的倦慵，
而且你善于温存，
都能让死人复活！

你的腰充满情爱，
对着脊背和乳房，
坐垫都心旌摇荡，
因你倦怠的坐态。

有时候，为了缓和
你那神秘的狂热，
就正正经经挥霍
你那亲吻和咬啮，

你折磨我，褐女郎，
用的是冷笑嘲讽，
再往我心里射进，
温柔似月的目光。

在你的缎子鞋下，
迷人、裹丝的脚底，

我放上巨大欢喜，
我的命运和才华，

你是色彩，是光华，
把我的灵魂治愈！
热的爆炸，在我的
黑色的西伯利亚！

西西娜*

想象一下装束优雅的狄安娜，
她奔走于森林，或搜索荆棘丛，
风吹着头发、胸脯，陶醉于喧哗，
高傲，最好的骑手都不在眼中！

你见过泰鲁瓦涅[1]，她喜欢杀戮，
煽动没有鞋的群众发起冲击，
脸上眼中都冒火，演她的人物，
手持军刀，登上了王宫的阶梯？

这就是西西娜！温柔的女战士，
她的心灵既有杀气又有仁慈；
她的勇敢醉心于火药和战鼓，

却知道在乞求者前放下武器，

* 本诗首次发表于 1859 年 4 月 10 日《法兰西评论》。诗中的西西娜是萨巴蒂埃夫人的女友，以共和主义者自诩。

1 Théroigne de Méricourt（1762–1817），法国大革命时期的女英雄。

她那烈火熊熊的心总是存贮
一汪泪水，给值得流泪的人士。

赞颂我的弗朗索瓦兹*

我要用新的弦歌唱你，
哦我的小野兽，
你在我寂寞的心里嬉戏。

戴上花环，
哦甜蜜的女人，
由于你罪孽都被赦免！

仿佛渴饮有益健康的忘川之水，
我渴饮你的亲吻，
它充满了磁性。

当罪孽的风暴
毁坏了所有的道路，
你在我面前出现，女神，

* 本诗首次发表于 1857 年 5 月 18 日《艺术家》。原诗为拉丁文，现据法译文译出，法译无韵。

像一颗有益的星
出现在苦海里沉船上空……
——我要把心悬挂于你的祭坛！

注满美德的水池，
永恒的青春之泉，
让我哑巴的嘴发出声音！

无用的，你烧掉；
粗糙的，你磨平；
软弱的，你令其坚强。

我饿，你是我的客栈，
夜里，你是我的灯，
永远正确地引导我吧。

现在给我增添力量吧。
温暖馨香的沐浴
散发着美妙的气味！

在我的腰间闪光，
哦贞节带，
在圣洁的水里浸过；

宝石闪光的杯子，

加了盐的面包，精美的菜，

神圣的酒，弗朗索瓦兹。

给一位白裔夫人*

在一个太阳抚爱的芬芳国度，
我认识了，在紫红如染的树间，
还有朝眼睛洒下倦意的棕榈，
一位白裔夫人，魅力尚无人见。

脸色苍白温暖；迷人的棕发女，
脖子的姿态做作得很是庄重；
高大而苗条，走起路来像猎户，
她的微笑是宁静的，目光坚定。

夫人，假使您去真正的荣耀之邦，
到塞纳河或绿色的罗讷河之旁，
您的美丽堪配装饰古老的宅府，

在浓荫四布的僻静之处，您能使
诗人心中萌发出千首十四行诗，
您的大眼让他们比黑奴更驯服。

* 本诗首次发表于 1845 年 5 月 25 日《艺术家》。

苦闷和流浪*

你说，阿加特[1]，你的心可曾高飞，
远离这丑恶城市的黑色海洋，
朝着另一个海洋，迸射着光辉，
童贞般蔚蓝、清澄、深邃的海洋？
你说，阿加特，你的心可曾高飞？

海，浩瀚的海，抚慰我们的劳动！
轰轰作响的风如大风琴伴奏，
哪方神灵把催眠的崇高作用
赋予大海这嗓音沙哑的歌手？
海，浩瀚的海，抚慰我们的劳动！

芬芳的天空，你是多么遥远，
那里蓝天清明，都是爱和欢乐，
那里人们之所爱都当之无愧，
那里心灵被纯洁的快感淹没！
芬芳的天堂，你是多么遥远！

---

* 本诗首次发表于 1855 年 6 月 1 日《两世界评论》。

1 女性名字。

然而，童年的爱情的绿色天堂，
那奔跑，那歌唱，那亲吻，那花束，
那提琴声在小山后边的震荡，
还有晚上树丛中美酒一壶壶，
——然而，童年的爱情的绿色天堂，

那充满短暂快乐的无邪天堂，
难道这比印度和中国还遥远？
悲哀的呼喊能把它召回地上，
清亮的噪音能让它生意盎然，
那充满短暂快乐的无邪天堂？

幽灵*

仿佛那些褐眼天使，
我要回到你的内室，
爬向你而没有声音，
趁着那黑夜的阴影；

我要给你，棕发女人，
月亮一般冰冷的吻，
还有蛇一样的温情
它正沿着沟壑爬行。

当苍白的早晨来到，
我的位置已经空了，
直到晚上冰凉如故。

别的人用的是温情
支配你的青春、生命，
而我，我却要用恐怖。

---

* 本诗首次发表于《恶之花》初版，第七十二首，咏让娜·杜瓦尔。

秋之十四行诗*

你的眼水晶般明净，它对我说：
“怪情人，你说说我有什么好处?”
——可爱些，别说话！除了太古动物
老实天真，事事刺激我的心窝，

不愿向你把可怕的秘密展陈，
还有它那火写的黑色的传奇，
你的手邀我长眠，催眠的女子。
我恨激情和令我痛苦的精神！

甜蜜地爱吧。哨所里爱神拉满
那张宿命的弓，阴郁而又隐蔽。
它那武库里的家伙我都熟悉：

罪恶、恐怖和疯狂！——哦雏菊[1]淡淡！
你不也像我如太阳进入秋季，
我的玛格丽特，这样苍白冷淡？

---

* 本诗首次发表于1859年11月30日《当代评论》。

1 marguerite，音译即为玛格丽特。

月之愁*

今晚，月亮做梦有更多的懒意；
像美女躺在许多垫子的上面，
一只手漫不经心地、轻柔柔地
抚弄乳房的轮廓，在入睡之前。

她的背光滑如缎，雪崩般绵软，
弥留之际，陷入了长久的痴愣，
她的眼在白色的幻象上流连，
那些幻象花开般向蓝天上升。

有时，她闲适无力，就向着地球
让一串串眼泪悄悄地流呀流，
一位虔诚的诗人，睡眠的仇敌，

把这苍白的泪水捧在手掌上，
好像乳白石的碎片虹光闪亮，
放进他那太阳看不见的心里。

---

* 本诗直接收入《恶之花》初版，第七十五首。

猫*

严肃的学者，还有热烈的情侣，
在其成熟的季节都同样喜好
强壮又温柔的猫，家室的骄傲，
像他们一样地怕冷，简出深居。

它们是科学、也是情欲的友伴，
寻觅幽静，也寻觅黑夜的恐惧；
黑暗会拿来当作阴郁的坐骑，
假使它们能把骄傲供人驱遣。

它们沉思冥想，那高贵的姿态
像卧在僻静处的大狮身女怪，
仿佛沉睡在无穷无尽的梦里；

丰腴的腰间一片神奇的光芒，
金子的碎片，还有细细的沙粒
又使神秘的眸闪出朦胧星光。

* 本诗首次发表于 1851 年 4 月 9 日《议会信使》。

猫头鹰*

有黑色的水松荫蔽，
猫头鹰们列队成阵，
仿佛那些陌生的神，
红眼眈眈。陷入沉思。

它们纹丝不动，直到
那一刻忧郁的时光；
推开了倾斜的夕阳，
黑色的夜站住了脚。

它们的态度教智者
在这世上应该畏怯
众人的运动和喧哗；

陶醉于过影的人类
永远要遭受到惩罚，
因为他想改变地位。

---

* 本诗首次发表于 1851 年 4 月 9 日《议会信使》。

烟斗[*]

我乃一作家之烟斗；
看我脸色如卡弗林[1]，
或阿比西尼亚[2]女人，
即知他是抽烟老手。

当他百般痛苦之时，
我就冒烟，如小茅屋
为了快回家的农夫，
那里正在准备饭食。

我拥抱抚慰他的心，
一张袅袅的蓝色网
升自我冒火的嘴上，

我摇动着药香阵阵，
让他的心醉意陶陶，
解除他的精神疲劳。

---

* 本诗首次发表于《恶之花》初版，第七十七首。
1 东南非洲的黑种人。
2 Abyssinia，今埃塞俄比亚。

音乐*

音乐常像大海一样将我卷去！
朝着苍白的星，
背负多雾的穹顶、浩渺的天宇，
我正扬帆起程；

我挺起胸膛，像打开所有的帆
鼓起我的肺叶，
在聚集的波浪的脊背上登攀，
眼前一片黑夜；

我感到一条受难之船的痛楚
在我身上震颤，
顺风、暴风和它的一切的抽搐

在深渊的上面
把我摇晃。有时候又安详平静
如绝望之大镜！

---

* 本诗首次发表于《恶之花》初版，第七十六首。

墓地*

若在黑沉沉的夜晚，
有好基督徒，因仁慈，
在某古废墟的后边，
埋下你堪夸的躯体，

那些贞洁的星刚刚
闭上它们沉重的眼，
蜘蛛就会出来结网，
蝮蛇就会生下小蛇；

一年到头你会听见
在你受罪的头上面，
有狼在悲戚地哀吼，

伴随着饥饿的女巫，
还有淫荡老叟嬉戏
和黑心骗子的密谋。

* 本诗首次发表于《恶之花》初版，第七十四首。

幻想的版画*

这奇特的幽灵，全部装束只是
丑陋的王冠，有狂欢节的气息，
滑稽可笑地扣在骷髅的额前。
没有马刺马鞭，却赶得马直喘，
和他一样的幽灵，悲惨的驽马，
喷着鼻沫，像患癫痫病的病家。
他们一起冲进深处穿越空间，
并且用大胆的马蹄践踏无限。
骑士把闪光的军刀左右挥动，
越过坐骑下碾碎的无名众生，
就像一位君主巡视他的宫殿，
把辽阔、冰冷、无际的坟场跑遍，
那里，映着个白色、暗淡的太阳，
睡着古往今来历史上的群氓。

---

* 本诗首次发表于 1857 年 11 月 15 日《现代》，约作于 1843 至 1847 年间，取材于根据英国画家莫蒂默（John Hamilton Mortimer，1740—1779）《骑灰马的死神》所作的一幅铜版蚀刻画。

快乐的死者*

在一片爬满了蜗牛的沃土上，
我愿自己挖一个深深的墓坑，
可以随意把我的老骨头摊放，
睡在遗忘里如鲨鱼浪里藏身。

我痛恨遗嘱，我也把坟墓恨杀；
与其苦苦地哀求世人的泪眼，
我宁愿活着的时候邀请乌鸦
把我那丑恶的尸骸的血吸干。

蛆虫，黑色伴侣没眼睛没耳朵，
看哪，来了个死者自由又快乐；
享乐的哲学家，腐朽的子孙们，

快穿过我的废囊，用不着悔恨，
告诉我，他可还能受什么折磨？
这死在死人中的无魂老躯壳！

* 本诗首次发表于 1851 年 4 月 9 日《议会信使》。

恨之桶*

恨是苍白的达那伊得斯[1]的桶；
发狂的复仇有强壮的红胳臂
徒劳地往它那个黑暗的虚空
大桶大桶地倒进死人的血泪，

魔鬼在这些深渊里做了暗洞，
千年的汗水和努力流了出去，
哪怕复仇能让受害者们再生，
复活其肉体以便再进行压榨。

恨是小酒馆里面的一个醉汉，
他总觉得干渴是从酒里来的，
还像勒耳那的水蛇[2]屡斩不断。

——然而幸福的饮者认识征服者，

---

* 本诗首次发表于1851年4月9日《议会信使》。

1 Danaides，达那俄斯之女。希腊神话中说她们是五十个，除一人外，皆遵父命在新婚之夜将新郎杀死，后被罚在地狱里用无底桶汲水。

2 希腊神话中栖息在勒耳那沼泽中的水蛇，有九头，其中有一头不死，斩而复生。

而恨却注定有这可悲的运道，
即永远也不能在桌子下睡着。

破裂的钟*

又苦又甜的是在冬天的夜里，
对着闪烁又冒烟的炉火融融，
听那遥远的回忆慢慢地升起，
应着茫茫雾气中歌唱的排钟，

那口钟啊真是幸福，嗓子洪亮，
虽然年代久远，却矍铄又坚硬，
虔诚地把它信仰的呼声高扬，
宛若那在营帐下守夜的老兵。

而我，灵魂已经破裂，烦闷之中，
它想用歌声充满凛冽的夜空，
它的嗓子却常常会衰弱疲软，

像被遗忘的沉沉残喘的伤员，
躺在血泊中，身上堆满了尸体，
竭力挣扎，却一动不动地死去。

---

* 本诗首次发表于 1851 年 4 月 9 日《议会信使》。

忧郁之一*

雨月，对着整个城市大发雷霆，
向着邻近墓地里苍白的住户，
从它的罐里倒出如注的阴冷，
又把死亡撒向雾蒙蒙的郊区，

我的猫在方砖地上寻觅草茎，
不停地抖动瘦而生疮的身躯；
沟壑里游荡着老诗人的魂灵，
带着一个瑟瑟的幽灵的苦语。

大钟在悲叹，而那冒烟的木柴
用假嗓子伴随着伤风的钟摆；
一局气味污浊的牌正在进行，

这患水肿的老妇的不祥遗留，
英俊的红桃侍从和黑桃皇后
正阴沉地诉说着逝去的爱情。

---

* 本诗首次发表于 1851 年 4 月 9 日《议会信使》。

忧郁之二*

我若千岁也没有这么多回忆

一件大家具，负债表塞满抽屉，
还有诗篇、情书、诉状、浪漫歌曲，
粗长的鬈发缠绕着各种收据，
可秘密没我愁苦的头脑里多。
这是一座金字塔，巨大的墓穴，
死人比公共墓坑里还要拥挤。

——我是座连月亮也厌恶的坟地，
里面的长蛆爬呀爬就像悔恨，
不停地痛噬我最亲密的亡人。
我是间满是枯萎玫瑰的闺房，
里头一大堆过时的时髦式样，
唯有布歇[1]的苍白，粉画的哀悲，
散发着打开的香水瓶的气味。

---

* 本诗首次发表于《恶之花》初版，第六十首。

1 François Boucher（1703–1770），法国画家，其画色彩艳丽轻佻，此处当指年久失色。

什么也长不过瘸了腿的白天，
当多雪的年头飘下团团雪片，
烦闷，这忧愁无趣生出的果实
就有了永生那样的无边无际。

——从此，有生命的物质啊！你无非
一块顽石被隐约的恐怖包围，
昏睡在雾蒙蒙的撒哈拉腹地；
老斯芬克斯，被无忧世界抛弃，
被地图遗忘，那一颗愤世的心
只能面对着落日的余晖歌吟。

忧郁之三*

我仿佛一位多雨之国的国君，
富有却无能，年轻却已是老人，
他讨厌那位不肯屈膝的师傅，
他讨厌他的狗和别样的宠物。
任什么也不能让他愉快，无论
猎物、鹰隼、阳台前垂死的子民。
表演滑稽谣曲的受宠的小丑
也不能舒展这大病人的额头。
有百合花饰的床已变成坟墓，
梳妆女官觉得凡是王都英武，
也再找不出猥亵的装束样式
让这年轻的骷髅绽出些笑意。
为他炼金的学者们也都不能
把他身上的腐朽的元素除净，
就是用罗马人传下来的血浴，
强壮者在暮年也还记得清楚，
也不能温暖这迟钝的臭皮囊，
其身无血，流淌着忘川之绿汤。

* 本诗首次发表于《恶之花》初版，第六十一首。

忧郁之四*

当低沉的天空如大盖般压住
被长久的厌倦折磨着的精神；
当环抱着的天际向我们射出
比夜还要愁惨的黑色的黎明；

当大地变成一间潮湿的牢房，
在那里啊，希望如蝙蝠般飞去，
冲着墙壁鼓动着胆怯的翅膀，
又把脑袋向朽坏的屋顶撞击；

当密麻麻的雨丝向四面伸展，
模仿着大牢里的铁栅的形状，
一大群无言的蜘蛛污秽不堪，
爬过来在我们的头脑里结网，

几口大钟一下子疯狂地跳起，
朝着空中迸发出可怕的尖叫，

* 本诗首次发表于《恶之花》初版，第六十二首。

就仿佛是一群游魂无家可依，
突然发出一阵阵执拗的哀号。

——送葬的长列，无鼓声也无音乐，
在我的灵魂里缓缓行进，希望
被打败，在哭泣，而暴虐的焦灼
在我低垂的头顶把黑旗插上。

顽念*

森林，你大教堂一样令我恐惧；
你风琴般号叫；我们恶魔的心
有永远的灵堂回响阵阵喘吁，
应和着“我从深处求告”的回音。

我恨你，大海！你的翻腾和蹦跳，
我的精神感同身受；失败的人
在痛哭，受尽凌辱，那苦涩的笑，
我在大海的狂笑中听得真真。

你多让我喜欢，哦夜！倘无星宿，
它的光说着无人知晓的语言！
因为我寻求虚无、赤裸和黑暗！

然而黑夜本身就是一幅画布，
上面有习焉不察的万千人物，
打从我的眼睛里不断地冒出。

---

* 本诗首次发表于 1860 年 5 月 15 日《当代评论》。

虚无的滋味*

沮丧的精神，往日你喜欢搏杀，
“希望”，曾马刺般激励你的活力，
再不愿骑上你！别害臊，快趴下，
你这老马每个障碍都要失蹄。

算了吧，我的心；睡吧，傻乎乎地。

精神失败，力尽筋疲！这老贼人，
爱情于你已不比抢夺更有味；
再见，笛子的叹息、铜号的歌吹！
快乐，别再引诱阴沉赌气的心！

可爱的春天失去了它的清芬！

时间一分钟一分钟地吞没我，
仿佛大雪埋住了冻僵的尸首，
我从天上静观这圆圆的地球，

---

* 本诗首次发表于 1859 年 1 月 20 日《法兰西评论》。

不再去寻觅可以栖身的茅舍。

雪崩啊，你可愿带我一起坠落？

痛苦之炼金术*

或用热情把你照亮，
或者于你寄托悲苦，
自然！有人看作坟墓，
有人看作生命和光！

不相识的赫耳墨斯，
帮助我又总恐吓我
让我与弥达斯[1]并列，
这最古的炼金术士；

我经你手点金成铁，
又把天堂化为地狱；
在云彩的裹尸布里

我发现珍爱的躯壳，
我又在苍穹的岸边
建造了巨大的石棺。

---

* 本诗首次发表于 1860 年 10 月 15 日《艺术家》。

1 Midas，希腊神话中的国王，能触物成金，至于食物也变金而不能进。

共感的恐怖*

从古怪、铅色的天上，
动荡有如你的命运，
你说，浪子，什么思想
落进你空虚的灵魂？

——我不可满足地贪得
朦胧、不确定的事物，
我不呻吟如奥维德，
他被逐出拉丁乐土[1]。

天空破裂有如河滩，
您映出了我的骄傲；
巨大的云朵戴着孝，

是柩车载我的梦幻，
而您的光亮反射出
令我心欢喜的地狱。

---

* 本诗首次发表于 1860 年 10 月 15 日《艺术家》。

1 古罗马诗人奥维德因触怒皇帝屋大维，被放逐于黑海之滨，流放中曾著有《哀怨集》、《黑海书简》，哀求释放而不得。

自惩者*

赠J. G. F[1]

我将打你，既未生气，
也无仇恨，仿佛屠夫，
亦如摩西击打磐石[2]！
我还让你的眼皮里，

把那痛苦之水喷涌，
把我的撒哈拉浸透，
希望涨满我的欲求，
游在你带盐的泪中，

好像出海的船远行，
我心醉饮你的泪水，
听见你珍贵的呜咽，
好像战鼓催动冲锋！

---

* 本诗首次发表于1857年5月10日《艺术家》。其题目，有论者认为取自波氏爱读的迈斯特的《圣彼得斯堡夜话》中的“一切恶人都是自惩者”这句话。

1 受赠者不详，众说纷纭。

2 《旧约·出埃及记》第十七章，耶和华对摩西说：“你要击打磐石，从磐石里必有水流出来，使百姓可以喝。”

难道我是不谐和音，
在这神圣交响乐中，
由于那贪婪的反讽，
摇晃又噬咬我的心？

它喊在我的声音里！
我全部的血，黑的毒！
我是镜子，阴森可怖，
悍妇从中看见自己。

我是尖刀，我是伤口！
我是耳光，我是脸皮！
我是四肢和车轮子，
受刑的人和刽子手！

我是我心的吸血鬼，
——伟大的被弃者之一，
已被判处大笑不止，
却再不能微笑一回！

无可救药*

一

一个观念，一个形式，
一个存在，始于蓝天，
跌进冥河，泥泞如铅，
天之眼亦不能透视；

一个天使，鲁莽旅者，
受到诱惑，喜欢畸形，
淹没于骇人的噩梦，
如游泳者挣扎拼搏，

阴郁焦灼，苦战一个
疯子一样不断歌唱、
在黑暗中回环激荡、
巨大而雄伟的漩涡；

一个不幸的中邪人，

* 本诗首次发表于1857年5月10日《艺术家》。

为逃出爬虫的栖地，
在他徒劳的摸索里
寻找钥匙，寻找光明；

一个没有灯的亡魂，
身旁是一个无底洞，
又深又潮气味浓重，
无遮无靠阶梯无尽，

黏滑的怪物警觉着，
一双巨眼磷光闪闪，
照得什么也看不见，
只剩下更黑的黑夜；

一艘困在极地的船，
像落入水晶的陷阱，
哪条海峡命中注定
让它进入这座牢监？

——画面完美，象征明确，
这无可救药的命运
让人想到，魔鬼之君
无论做啥总是出色！

二

阴郁诚挚的观照中，
心变成自己的明镜！
真理之井[1]，既黑且明，
有苍白的星辰颤动，

有地狱之灯在讥刺，
有火炬魔鬼般妖娆，
独特的慰藉和荣耀，
——这就是那恶的意识。

1　德谟克利特说，真理藏在井底。

时钟*

时钟！这个阴森、可怖、无情的神，
他的手指威胁着我们，说："记住！"
你充满恐怖的心，战栗的痛苦
就要把它占据，如同射中靶心；

"快乐如轻烟就要向天边飞逝，
像一个气精钻进后台的深处；
时刻一点点吞食着你的乐趣，
那是人人一生中都可享用的。

"一秒钟每小时三千六百次地
悄声说：记住！那小虫般的低语，
现在飞快地说道：我乃是'过去'，
用肮脏的长鼻把你的命抽吸！

"记住！记住吧，你这个浪子！[1]
（我的铁嗓子会说所有的语言。）

---

* 本诗首次发表于1860年10月15日《艺术家》。
1 这句中的"记住"，分别用英语、法语和拉丁语说出。

每分钟，嬉戏的人啊，都是母岩，
丢弃之前一定要把金子采出！

“记住吧，时间是个贪婪的赌徒，
从不作弊，每赌必赢！这是律法。
日渐短促，夜渐悠长；你记住吧，
深渊总是干渴，漏壶正在空虚。

“那时辰就要响了，神圣的偶然，
严峻的道德，你尚童贞的妻子，
甚至悔恨（啊！最后的栖身之地）
都要说：死吧，老懦夫，为时已晚！”

巴黎风貌

风景*

为了贞洁地作我的牧歌，我愿
躺在天堂身旁，如占星家一般，
并以钟楼为邻，边做梦边谛听
风儿送来的庄严的赞美钟声。
两手托着下巴，从我的顶楼上，
我眺望着歌唱和闲谈的工场；
烟囱和钟楼，这些城市的桅杆，
还有那让人梦想永恒的苍天。

真惬意啊，透过沉沉雾霭观望
蓝天生出星斗，明窗露出灯光，
煤烟的江河高高地升上天外，
月亮洒下它令人着魔的苍白。
我还将观望春天、夏天和秋天；
当冬天带着单调的白雪出现，
我就到处都关好大门和窗户，
在黑暗中建造我仙境的华屋。

---

* 本诗首次发表于 1857 年 11 月 15 日《现代》。

那时我将梦见泛青的地平线，
花园，在白石池中呜咽的喷泉，
亲吻，早晚都啁啾鸣唱的鸟雀，
以及牧歌当中最天真的一切。
暴乱徒然地在我的窗前怒吼，
不会让我从我的书桌上抬头；
因为我已然在快乐之中陶醉，
但凭我的意志就把春天唤醒，
并从我的心中拉出红日一轮，
将我的炽热的思想化作温馨。

太阳*

沿着古旧的城郊，一排排破房
拉下遮蔽秘密淫荡的百叶窗，
当酷烈的太阳反复地、不断地
轰击着屋顶、麦田、原野和城市，
我将独自把奇异的剑术锻炼，
在每一个角落里寻觅的偶然，
绊在字眼上，就像绊着了石头，
有时会碰上诗句，梦想了许久。

这是养育之父，萎黄病的仇敌，
在田野上把虫儿和玫瑰唤起；
它让忧愁升上天空四散飞扬，
让大脑和蜂房里都灌满蜜糖。
是它使扶拐者重新变得年轻，
像少女们一样快乐而又温情，
它还能命令谷物生长和成熟，
在永远想开花的不朽的心里！

---

* 本诗首次发表于《恶之花》初版，第二首。

它像诗人一样地降临到城内，
让微贱之物的命运变得高贵，
像个国王，没有声响，没有随从，
走进所有的医院，所有的王宫。

给一位红发女乞丐*

红发白肤的姑娘，
衣衫上百孔千疮，
露出了你的贫贱，
你的美艳，

对我，孱弱的诗人，
你这年轻的病身，
虽布满红色雀斑，
依旧甘甜。

传说中女王穿着
天鹅绒的厚底靴，
你穿着厚重木屐
却更雅致。

你那过短的破衣，
若换了宫廷华服，

---

* 本诗首次发表于《恶之花》初版，第六十五首。

窸窣长长的褶皱，
拖在脚后；

满是破洞的长袜，
换上金匕首一把，
在放荡者的眼前，
亮光闪闪；

再让松弛的衣结，
对着我们的罪孽，
盈盈明眸般露出
你的双乳；

你伸出双臂请求，
不要解你的衣袖，
你把调戏的手指
执意推避，

最最纯净的珍珠，
大师贝娄[1]的诗句，
由你驯服的情人
奉献频频，

1 Rémy Belleau（1528–1577），法国七星诗社诗人。

寻章觅句的奴隶，
献上他们的新诗，
在台阶下面拜谒
你的皮鞋，

许多猎艳的侍从，
许多龙萨[1]和王公，
都想去你的陋室，
寻觅欢娱！

在你的床上，亲吻
比百合来得更勤，
俯首帖耳的王族，
不一而足！

——可你却做了乞丐，
讨要些残羹剩菜，
在那个饭馆门口，
十字街头；

你斜着眼睛偷看，
那首饰不值个钱，
可我也无能为力

1 Pierre de Ronsard（1524–1585），法国七星诗社诗人。

买来送你。

去吧，不要那装饰，
香粉、珍珠和钻石，
只要这瘦瘦裸躯，
我的美女！

天鹅*

给维克多·雨果

一

安德玛刻[1]，我想到您！小小清涟，
这可怜、忧愁的明镜，曾经映出
您那寡妇的痛苦之无限庄严，
您的泪加宽了骗人的西莫伊[2]，

正当我穿越新卡鲁塞尔广场，
它突然丰富了我多产的回忆。
老巴黎不复存在（城市的模样，
唉，比凡人的心变得还要迅疾）；

我只在想象中看见那片木棚，
那一堆粗具形状的柱头，支架，
野草，池水畔的巨石绿意盈盈，

---

* 本诗首次发表于《恶之花》初版，第八十九首。

1 Andromache，特洛伊大将赫克托耳之妻，城破后成为庇吕斯的女奴，后嫁赫勒诺斯。

2 指一条小河。安德玛刻在敌国把一条小河当作故乡的西莫伊河，以示对亡夫的怀念。

旧货杂陈，在橱窗内放出光华。

那里曾经横卧着一个动物园；
一天早晨，天空明亮而又冰冷，
我看见劳动醒来了，垃圾成片，
静静的空中扬起了一股黑风，

我看见了一只天鹅逃出樊笼，
有蹼的足摩擦着干燥的街石，
不平的地上拖着雪白的羽绒，
把嘴伸向一条没有水的小溪，

它在尘埃中焦躁地梳理翅膀，
心中怀念着故乡那美丽的湖；
“水啊，你何时流？雷啊，你何时响？”
可怜啊，奇特不幸的荒诞之物，

几次像奥维德笔下的人一般，
伸长抽搐的颈，抬起渴望的头，
望着那片嘲弄的、冷酷的蓝天，
仿佛向上帝吐出了它的诅咒。

二

巴黎在变！我的忧郁未减毫厘！

新的宫殿，脚手架，一片片房栊，
破旧的四郊，一切都有了寓意，
我珍贵的回忆却比石头还重。

卢浮宫前面的景象压迫着我，
我想起那只大天鹅，动作呆痴，
仿佛又可笑又崇高的流亡者，
被无限的希望噬咬！然后是你，

安德玛刻，从一伟丈夫的怀中，
归于英俊的庇吕斯，成了贱畜，
在一座空坟前面弯着腰出神；
赫克托的遗孀，赫诺斯的新妇！

我想起那黑女人，憔悴而干枯，
在泥泞中彳亍，两眼失神，想望
美丽非洲的看不见的椰子树，
透过迷雾的巨大而高耸的墙；

我想起那些一去不归的人们，
一去不归！还有些人泡在泪里，
像啜饮母狼之乳把痛苦啜饮！
我想起那些孤儿花一般萎去！

在我精神漂泊的森林中，又有

一桩古老的回忆如号声频频，

我想起被遗忘在岛上的水手，

想起囚徒，俘虏！……和其他许多人！

七个老头子*

给维克多·雨果

拥挤的城市！充满梦幻的城市，
大白天里幽灵就拉扯着行人！
到处都像树液般流淌着神秘，
顺着强大巨人狭窄的管道群。

一天早晨，在一条凄凉的街上，
房屋在轻轻雾中增加了高度，
占满了一条涨水的河的两旁，
作为布景倒很像演员的情愫，

一片脏而黄的雾淹没了空间，
我绷紧了神经，像演主角一样，
跟我的已然厌烦的灵魂争辩，
在重载的车往来的郊区徜徉。

突然，一个老人，黄色的破衣裳
竟是模仿这多雨天空的颜色，

* 本诗首次发表于 1859 年 9 月 15 日《当代评论》。

若不是他的眼中闪烁着凶光，
真会引来雨点般落下的施舍，

在我眼前出现，仿佛他的眸子
在胆汁[1]里浸过；目光冷若寒霜，
硬得像剑一般的一把长胡子，
支棱棱射向四方，犹太人一样[2]。

他的背不驼，腰却弯了，脊椎骨
和腿形成一个直角分毫不差，
他的木棍也把他的外表补足，
竟使他的举止和笨拙的步伐

像残疾的走兽或三足犹太人[3]。
他在大雪和泥泞中挣扎跋涉，
仿佛用他的破鞋践踏着死人，
对人世充满敌意，而不是冷漠。

后面还有：胡子，眼，背，破衣，木棍，
一模一样，仿佛来自一个地狱，
这百岁双胞胎，这怪诞的鬼魂，
以同样脚步向未知目标走去。

---

1 转意为痛苦、辛酸、怨恨、刻毒等。
2 此节实为传统之“漂泊的犹太人”的形象。
3 典出希腊神话中斯芬克斯的故事。

我成了何种卑鄙阴谋的目标，
何种恶毒偶然把我这样羞辱？
因为我数了七次，一秒又一秒，
这阴森的老人竟有分身之术。

有些人在嘲笑我的焦虑不安，
有些人未曾感到友爱的战栗，
让他们想想吧，尽管衰朽不堪，
这七个丑怪却有永恒的神气！

我若不能，能否把第八位静审，
无情的、嘲弄的、宿命的酷似者，
讨厌的长生鸟[1]，父子集于一身？
——但我转身离开这可怕的队列。

我被激怒，像看见双影的醉汉，
回到家，关上门，心中充满恐怖，
病得手脚麻木，精神燥热混乱，
神秘和荒诞触到了我的痛处！

我的理智徒劳地想抓住栏杆；
风暴肆虐，它的努力迷失方向，
我的灵魂跳呀，跳呀，这艘破船，
没有桅杆，在无涯怒海上飘荡！

1 传说中埃塞俄比亚的一种鸟，五百年一生死，死后复生。又译火凤凰。

小老太婆*

给维克多·雨果

一

古老首都曲曲弯弯的褶皱里，
一切，甚至丑恶都变成了奇观，
我听命于改不了的秉性，窥伺
奇特的人物，衰老却惹人爱怜。

这些丑八怪，也曾经是女人啊，
埃波宁，拉伊斯[1]，她们弯腰，驼背，
曲身，爱她们吧！她们还是人啊！
穿着冰凉的布衣裙，破洞累累，

她们冒着无情北风俯身走着，
在马车的轰隆中不住地惊跳，
她们紧紧地贴着身子的一侧，
夹着一个绣着花或字的小包；

* 本诗首次发表于1859年9月15日《当代评论》。
1 埃波宁是古代高卢的一位烈女，拉伊斯为古希腊名妓。

她们行色匆匆，如同木偶一样，
她们拖着脚步，如受伤的野兽，
或不自主地跳，如可怜的铃铛，
有一个无情的魔鬼吊在里头！

她们虽老迈，眼睛却钻一般尖，
仿佛夜间积水的坑闪闪烁烁；
她们有着小姑娘的神圣的眼，
看见发亮的东西就惊奇喜悦。

——你们注意到许多老妇的棺木，
几乎和孩子的一样又小又轻？
博学的死神在这些棺中放入
一种奇特抓人的趣味的象征。

而当我瞥见一个衰弱的幽灵，
穿过巴黎这熙熙攘攘的画面，
我总觉得这是一个脆弱的生命，
正悄悄地走向一个新的摇篮；

只要看见这些不协调的肢体，
我就不禁要把几何学想一想，
木工要多少次改变棺的形制，
才能正好把这些躯体来安放。

这些眼睛是泪之井无底无尽，
是布满冷却金属碎片的坩埚……
对于严峻的命运哺育过的人，
这神秘的眼具有必胜的诱惑！

二

旧日弗拉斯卡蒂[1]热恋的贞女[2]；
塔利亚[3]的女祭司，唉，只有提词员
在台下知其名；著名的时髦女，
曾经在蒂沃利[4]的花丛中流连，

她们都让我陶醉！这些脆弱者，
有些人却把痛苦做成了蜜糖，
对给她们羽翼的牺牲精神说：
强大的鹰马[5]呀，把我带到天上！

一个为了祖国历尽种种困苦，
一个饱尝了丈夫的种种折磨，
一个为孩子成了穿胸的圣母[6]，

---

1 巴黎的一家著名赌场，1837 年被关闭，后被拆毁。
2 原指罗马神话中供奉女灶神的女子。
3 Thalia，希腊神话中司喜剧的女神，她的女祭司指女演员。
4 巴黎的一家大众娱乐场所。
5 希腊神话中一种半马半鹰的有翼怪物。
6 圣母马利亚看见儿子耶稣被钉在十字架上，悲痛欲绝，如利剑穿胸。

她们的眼泪能够流成一条河!

三

多少次我跟在小老太婆身后，
其中有一个，当落日染红天空，
让它张开血红的伤口的时候，
独自坐在长凳上，陷入沉思中，

她在聆听音乐会，铜管声阵阵，
士兵们有时拥进我们的花园，
在人们感到振奋的金色黄昏，
把些许英气注入市民的心田。

她还能挺直了腰，骄傲而端庄，
贪婪地欣赏这雄赳赳的乐队，
她的眼有时睁开像老鹰一样，
大理石般的额头似等着月桂!

四

她们就这样走着，坦然而无惧，
穿越活跃的城市的混混沌沌，
心中流血的母亲、妓女或圣女，
往日都曾是远近闻名的女人。

你们曾是光荣，你们曾是优雅，
而今谁认识你们！无礼的醉鬼
用可笑的爱把你们羞辱谩骂；
卑劣怯懦的顽童把你们尾随。

活着都感到惭愧，干瘪的影子，
你们害怕，总是弯腰溜着墙根；
奇特的命运，无人向你们致意！
熟透了的人渣，等着进入永恒！

可我，远远地深情地望着你们，
不安的眼睛盯住不安的脚步，
好怪！就仿佛我是你们的父亲，
我偷偷地品味着隐秘的乐趣：

我看见你们的初恋绽出花朵，
我经历你们已逝的悲喜人生；
我宽广的心享受你们的罪孽！
我的灵魂闪耀着你们的德行！

老朽们！我的家！哦同类的脑瓜！
我每晚都向你们告别，庄重严肃，
明日你们何在，八十岁的夏娃？
上帝可怕的爪已把你们抓住。

盲人*

看看他们吧，我的灵魂；真恐怖！
他们像木头人，略略有些滑稽；
可怕，像那些梦游者一样怪异；
阴郁的眼球不知死盯在何处。

他们的眼失去了神圣的火花，
仿佛凝视着远方，永远地抬向
天空；从未见过他们对着地上
梦幻般把那沉重的脑袋垂下。

他们是在无尽的黑暗中流徙，
这永恒的寂静的兄弟。啊城市！
你在我们周围大笑，狂叫，唱歌，

沉湎于逸乐直到残忍的程度，
看呀！我也步履艰难，却更麻木，
我说："这些盲人在天上找什么？"

---

* 本诗首次发表于 1860 年 10 月 15 日《艺术家》。

给一位过路的女子*

喧闹的街巷在我的周围叫喊。
颀长苗条，一身丧服，庄重忧愁，
一个女人走过，她那奢华的手
提起又摆动衣衫的彩色花边。

轻盈而高贵，一双腿宛若雕刻。
我紧张如迷途的人，在她眼中，
那暗淡的、孕育着风暴的天空
啜饮迷人的眼睛，销魂的快乐。

电光一闪……复归黑暗！——美人已去，
你的目光一瞥突然使我复活，
难道我从此只能会你于来世？

远远地走了！晚了！也许是永诀！
我不知你何往，你不知我何去，
啊我可能爱上你，啊你该知悉！

* 本诗首次发表于 1860 年 10 月 15 日《艺术家》。

骷髅农夫*

一

一些散乱的解剖图，
河岸扬尘，撒了一地，
许多死人般的书籍，
古代木乃伊般睡熟。

素描的主题虽阴郁，
有一位年老的画人，
用他的严肃和学问
居然能把美来赋予。

人们看到，神秘恐怖
变得更加完美无遗，
仿佛农夫翻耕土地，
这些剥皮人或骸骨。

---

* 本诗首次发表于 1860 年 1 月 22 日《闲谈》。

二

这块土地翻了个透，
悲伤而顺从的农人，
用你们脊梁的苦辛
或者没了皮的筋肉，

收获何种奇特食粮？
离开尸堆的苦役犯，
你们用力拉，要装满
哪个包租人的谷仓？

你们想（命运太艰难，
骇人又明确的象征！）
证明哪怕就是墓坑
也难保许诺的睡眠；

虚无已把我们出卖；
甚至死亡也在欺骗，
无止无休，没了没完，
唉！也许我们真应该

前往陌生的国度里，
把沉重的铁锹深插
我们流血的赤脚下，
为粗糙的大地剥皮？

薄暮冥冥*

迷人的黄昏啊，这罪孽的友朋；
它像一个同谋，来得脚步轻轻；
天空像间大卧房慢慢地关上，
烦躁不安的人变得野兽一样。

那些人期待你，夜啊，可爱的夜，
因为他们的胳膊能诚实地说：
“我们又劳动了一天！”黄昏能让
那些被剧痛吞噬的精神舒畅；
那些学者钻研竟日低头沉思，
那些工人累弯了腰重拥枕席。
但那些阴险的魔鬼也在四周
醒来，仿佛商人一样昏脑昏头，
飞跑去敲叩人家的屋檐、门窗。
透过被风吹打着的微弱灯光，
卖淫在大街小巷中活跃起来，
像一队蚂蚁那样把通道打开；

* 本诗首次发表于 1852 年 2 月 1 日《戏剧周报》。

它到处都开出一条秘密之路，
犹如仇敌正把突然袭击谋图；
它在污泥浊水的城市里蠕动，
像一条盗窃人的食物的蛆虫。
这里那里，厨房在嘶嘶地叫喊，
剧场在喧闹，乐队在呼呼打鼾；
赌博做成了餐桌上的美味珍馐，
围满娼妓和骗子，她们的同谋，
那些小偷，不肯罢手，不讲仁慈，
很快也要让他们的勾当开始，
他们就要轻轻撬开钱柜门户，
好吃喝几天，打扮他们的情妇。

在这庄严的时刻，我的灵魂啊，
沉思吧，捂住耳朵，别听这喧哗。
这正是病人痛苦难当的时候，
沉沉黑夜掐住了他们的咽喉；
他们了结命运，走向共同深渊，
他们的叹息呻吟充塞了医院，
不止一人不再找那美味的汤，
在黄昏，在炉畔，在亲人的身旁。

他们大部分人还不曾体味过
家庭的甜蜜，也从未有过生活！

赌博*

褪色的扶手椅，苍白的老娼妓，
染过的眉毛，温存惑人的眼睛，
娇滴滴作态，干瘦的耳上响起
丁零零宝石和金属的碰撞声；

绿色台布，围着没有嘴唇的脸，
没有血色的唇，没有牙的牙床，
手指因为可怕的兴奋而痉挛，
搜索着空口袋和微颤的乳房；

肮脏的顶棚，一排暗淡的吊灯，
一些巨大的油灯把光亮射向
几位名诗人阴云密布的额顶，
他们把带血的汗挥霍得精光；

这就是那幅黑色的画，夜梦里
我看见它在我的慧眼下呈现。

* 本诗首次发表于《恶之花》初版，第六十六首。

而我，在这沉寂的巢穴的一隅
看见我支着肘，冷静，无言，歆羡，

歆羡这许多人的顽固的情欲，
歆羡这些老娼妓阴森的快乐，
他们当着我的面愉快地交易，
一方是往日名声，一方是美色！

我的心害怕歆羡这些可怜人，
他们朝洞开的深渊狂奔不住，
喝饱了自己的血，最后都决心
宁苦勿死，宁入地狱不求虚无！

骷髅舞*

给恩斯特·克里斯托夫[1]

活人一样，自傲于高贵的身躯，
拿着一大束花，手帕，还有手套，
她有着慵懒而又潇洒的风度，
像个干瘪的女人怪诞却妖娆。

舞会上可曾见过如此的瘦削？
袍子太夸张，简直是过于宽大，
大量地堆在干枯的脚上，那鞋
装饰着绒球，漂亮得像一朵花。

蜂窝状皱领在锁骨边上玩耍，
仿佛淫荡的小溪摩擦着岩石，
害羞地抵御着荒谬的玩笑话，
保卫她执意隐藏的阴森魅力。

她深沉的眼成于黑暗和空白，
她的脑壳很艺术地戴着鲜花，

* 本诗首次发表于 1860 年 3 月 15 日《当代评论》。
1 见第二十首《面具》的题词。

在脆弱的脊柱上软软地摇摆。
过分打扮的虚无也有魅力啊!

有的人会把你称作一幅漫画,
他们不懂,这些迷恋肉体的人,
人类的骨架具有无名的优雅。
大骨架,你正合我最好的口味!

你是来用你有力的怪相扼杀
生命的节日?还是些旧日欲焰
仍然刺激着你这活着的骨架,
驱使你轻信的,参加“快乐”夜宴[1]?

凭借提琴声,凭借蜡烛的火苗,
你希望驱走你那嘲讽的噩梦,
你来请求这狂欢狂饮的洪涛
冷却你的心中燃烧着的地狱?

真是愚蠢和错误的井永不干!
古老的痛苦之永恒的蒸馏器!
透过你两肋弯曲成钩的栅栏,
我见贪婪的眼镜蛇还在游弋。

---

1 指妖魔夜宴,中世纪迷信传说巫师、巫婆及妖魔在星期六半夜拜会魔王,举行盛大夜宴。

说真的，我恐怕你的卖弄风骚
得到的回报不能与努力相配；
这些凡人心中，有谁懂得玩笑？
恐怖的魅力只能使强者陶醉！

你双眼的深渊充满恐怖之念，
让人感到眩晕，舞者慎微谨小，
都怀着苦涩的厌恶之感静观
你那三十二颗牙永远的微笑。

然而，谁人不曾搂过一具骷髅，
谁人不曾吃过坟墓里的东西？
香料、衣着或打扮算什么理由？
装作恶心正表明他自以为是。

无鼻子舞女，不可抗拒的娼妓，
请告诉这些感到不快的舞客：
“自豪的宠儿，脂粉涂得再精致，
你们都有死人味，涂麝的骨骼，

“安提诺斯[1]憔悴，浪荡子脸发光，
涂油的死尸，白发的勒伍莱斯[2]，

1 Antinous（约 110–130），罗马皇帝哈德良宠爱的美少年。
2 英国小说家理查逊的小说《克拉丽莎》中的人物，好色之徒。

骷髅舞在整个世界之上摇晃，
把你们带进无人知晓的天地！

“塞纳河的冷码头，恒河的热岸，
芸芸众生跳跃，迷狂，却未瞅瞅
天使的喇叭从顶上的窟窿间
阴森地张开，像黑色的火枪口。

“在太阳所照的任何地方，死神
欣赏你们的扭动，可笑的人类，
也常常抹上没药就好像你们，
把他的冷嘲混进你们的迷醉！”

虚幻之爱*

当我看见你走过，亲爱的懒人，
乐器的歌唱在天花板上中断，
你和谐舒缓的身影暂时停顿，
播撒你那深沉目光中的闷烦；

当我映着煤气灯光静静凝视
你苍白、具有病态之美的额上，
在那里夜的火把点燃了晨曦，
你的眼睛吸引着人如同肖像，

我想：她多美！而且新鲜得古怪！
纷纭的回忆，庄严沉重的塔楼，
冠冕，她的心虽像桃子受损害，
却已成熟，一如其身，钟情好手。

你是有无上美味的秋之果实？
你是等待着泪水的悲伤的罐，

* 本诗首次发表于1860年5月15日《当代评论》。

令人遐想远方之绿洲的香气，
温柔的枕头，或者盛满的花篮？

我知道有一种最忧郁的眼睛，
丝毫不把珍贵的秘密来隐瞒；
珠宝匣无珠宝，颈饰无纪念品，
比你还空虚，比你还深沉，哦天！

然而作为表象的你不是足以
让逃避真实的心灵感到欢欣？
你的笨拙，你的冷漠，有何关系？
面具、布景，敬礼！我崇拜你的美。

我没有忘记，离城不远的地方*

我没有忘记，离城不远的地方，
有我们白色的房子，小而安详；
两尊石膏像，波摩娜[1]和维纳斯，
一片疏林遮住了她们的躯体，
傍晚时分，阳光灿烂，流金溢彩，
一束束在玻璃窗上摔成碎块，
仿佛在好奇的天上睁开双眼，
看着我们慢慢地、默默地晚餐，
大片大片地把它美丽的烛光
洒在粗糙的桌布和布窗帘上。

---

* 本诗首次发表于《恶之花》初版，第七十首。

1 Pomone，罗马神话中司果园和果实的女神。

您曾忌妒过那位善良的女仆*

您曾忌妒过那位善良的女仆，
她在卑微的草地下睡得正熟，
我们应该给她献上一些鲜花，
死者，可怜的死者痛苦多巨大，
每当十月这位老树的修剪工
围着他们的碑吹起忧郁的风，
他们理应觉得活人薄情寡义，
还照旧睡在暖融融的被窝里，
而他们却被黑色的梦幻扰杀，
没有共榻的人，没有知心的话，
冻僵的老骨头任凭蛆虫折磨，
他们感到冬天的雪融化滴落，
岁月如流，却没有朋友和亲眷
更换挂在墓栏上的零落花圈。

当木柴在晚上噼噼啪啪地响，
我看见她泰然坐在安乐椅上，

* 本诗首次发表于《恶之花》初版，第六十九首。

如果在那十二月的蓝色寒夜，
我发现她蜷在我房间的角落，
她从永恒的床上庄严地走来，
用慈母的眼注视长大的小孩，
当我看见眼窝深陷有泪流下，
对这虔诚的灵魂我作何回答？

雾和雨*

哦秋末、冬日、浸透了烂泥的春，
催眠的季节！我喜爱、赞颂你们
这样裹住我的心灵，我的头脑，
用缥缈的尸衣和隐约的坟包。

在这广阔的原野上，狂风凛冽，
长夜里风信鸡的嗓子都哑了，
我的灵魂比暖春时节更欢畅，
将充分展开它那乌鸦的翅膀。

许多阴郁的事情塞满我的心，
上面很久以来一直落着白霜，
哦灰白的岁月，全世界的女王，

你永远的苍苍幽暗最是温馨，
——除非在无月的夜晚，我们两个
在有风险的床上把痛苦忘却。

---

* 本诗首次发表于《恶之花》初版，第六十三首。

巴黎的梦*

一

这一片可怖的风光，
从未经世人的俗眼，
朦胧遥远，它的形象
今晨又令我醺醺然。

奇迹啊布满了睡眼！
受怪异的冲动摆布，
我从这些景致里面
剪除不规则的植物，

我像画家恃才傲物，
面对着自己的画稿
品味大理石、水、金属
组成的醉人的色调。

楼梯拱廊的巴别塔，
成了座无尽的宫殿，

---

* 本诗首次发表于1860年5月15日《当代评论》。

静池飞湍纷纷跌下
粗糙或磨光的金盘；

还有沉甸甸的瀑布，
犹如一张张水晶帘，
悬挂在金属的绝壁，
灿烂辉煌，令人目眩。

不是树，是廊柱根根，
把沉睡的池塘环萦，
中间有高大的水神，
如女人般临泉照影。

伸展的水面蓝莹莹，
堤上岸边红绿相间，
流过千万里的路程，
向着那世界的边缘；

那是宝石见所未见，
是神奇的流水，也是
明晃晃的巨大镜面，
被所映的万象惑迷！

恒河流在莽莽青昊，
无忧无虑，不语不言，
将其水瓮中的珍宝，

倾入金刚石的深渊。

我是仙境的建筑师，
随心所欲，命令海洋
驯服地流进隧道里，
那隧道由宝石嵌镶；

一切，甚至黑的色调，
都被擦亮，明净如虹，
而液体将它的荣耀
嵌入结晶的光线中。

天上没有一颗星星，
甚至没有一线残阳，
为了照亮这片奇景，
全凭自己闪闪发光！

在这些奇迹的上面，
翱翔着（可怖的新奇！
不可耳闻，只能眼见！）
一片寂静，无终无始。

二

我重开冒火的双眼，
又看见可怕的陋室，

我重返灵魂，又痛感
可咒的忧虑的芒刺；

挂钟的声音好凄惨，
粗暴地敲响了正午，
天空正在倾泻黑暗，
世界陷入悲哀麻木。

晨光熹微*

起床号从兵营的院子里传出，
而晨风正把街头的灯火吹拂。

这个时候，邪恶的梦宛若群蜂，
把睡在枕上的棕发少年刺疼；
夜灯如发红的眼，游动又忽闪，
给白昼缀上一个红色的斑点；
灵魂载着倔强而沉重的躯体，
把灯光与日光的搏斗来模拟；
像微风拂拭着泪水模糊的脸，
空气中充满飞逝之物的震颤，
男人倦于写作，女人倦于爱恋。

远近的房屋中开始冒出炊烟。
眼皮青紫，寻欢作乐的荡妇们，
还在张着大嘴睡得又死又蠢；
穷女人，垂着干瘪冰凉的双乳，

---

* 本诗首次发表于《恶之花》初版，第六十八首。

吹着残火剩灰，朝手指上哈气。
产妇们的痛苦变得更加沉重；
像一声呜咽被翻涌的血噎住，
远处鸡鸣划破了朦胧的空气；
雾海茫茫，淹没了高楼与大厦；
收容所的深处，有人垂死挣扎，
打着呃，吐出了最后的一口气。
冶游的浪子回了家，力尽筋疲。

黎明披上红绿衣衫，瑟瑟发抖，
在寂寞的塞纳河上慢慢地走，
暗淡的巴黎，揉着惺忪的睡眼，
抓起了工具，像个辛勤的老汉。

酒

酒魂*

一天晚上，酒魂在瓶子里说话，
“人啊，亲爱的苦人儿，你快听着，
我在玻璃牢里、红色的封蜡下，
唱一支充满光明和友爱的歌！

“火热的山丘上，我知道要几多
辛劳、汗水和炎炎灼人的阳光，
才形成我的生命，把灵魂给我；
我不会害人，不会把恩情遗忘，

“因为我感到巨大的喜悦，当我
进入劳累过度的人的喉咙时，
他灼热的胸是坟墓，很是暖和，
比待在冰冷的酒窖远为惬意。

“你可听见主日歌的叠句响起，
‘希望’在我呼呼跳的胸中鸣叫？

* 本诗首次发表于 1850 年 6 月号《家庭杂志》。

胳膊肘支在桌子上，卷起袖子，
你会高声地赞颂我，兴致很高；

“我让你欣喜的妻眉眼闪光泽，
我让你儿子有力量，容光焕发，
对于这生存之孱弱的竞技者，
我就是油，让角斗士筋肉发达。

“我这植物琼浆在你体内落下，
永远的播种者[1]播下的好种子，
好让诗从我们的爱情中发芽，
如一朵稀世之花向上帝显示！”

1　指上帝。

醉酒的拾破烂者*

古旧的郊区中心，泥泞的迷宫，
人烟稠密又拥挤，孕育着暴风，
风吹压着火苗，把玻璃罩敲打，
在这盏路灯红色的光亮之下，

常见一个捡破烂的，跌跌撞撞，
摇头晃脑，像个诗人撞在墙上，
毫不理会那些密探，他的臣民，
直把心曲化作宏图倒个干净。

他发出誓言，口授卓越的法律，
把坏蛋们打翻；把受害者扶起，
他头顶着如华盖高张的苍穹，
陶醉在自己美德的光辉之中。

是啊，这些人饱尝生活的烦恼，
被劳作碾成齑粉，为年纪所扰，

* 本诗首次发表于 1857 年 6 月 18 日《阿朗松报》。

巨大的巴黎胡乱吐出的渣滓，
被压得啊弯腰驼背，精疲力竭，

他们又来了，气味如酒桶一般，
跟着一些久战沙场的老伙伴，
小胡子耷拉着像古旧的军旗，
战旗，花饰，还有胜利的弓矢，

在他们面前起立，庄严的魔力！
在号角、阳光、喊杀声和战鼓的
震耳欲聋、光彩夺目的狂欢中
把光荣带给陶醉于爱的民众！

因此，纵贯无聊的人类的历史，
酒是帕克托河[1]，耀眼的摇钱树；
它用人的喉咙歌唱它的功绩，
因天赋而像真王一样地统治。

对这些默默死去的不幸老人，
上帝让他们睡去，有感于悔恨，
为了消除其怨怼，把麻木慰藉；
而人加上了酒，这太阳的圣子[2]！

1　传说弥达斯在此河中沐浴，河水变成金沙。

2　把酒称为太阳的圣子，仿佛酒取代了上帝，已露出了人对上帝的反抗这一主题。

醉酒的凶手*

老婆死了，我自由了！
我从此可一醉方休。
那时回家分文没有，
她就叫得我受不了。

我幸福得如同国王；
空气纯净，天空可喜……
我们曾有如此夏日，
当我爱上她的时光！

可怕的渴撕扯着我，
会为了满足而必需
能够盛满她的坟墓
的酒；——此言并非过火：

我把她推进了井底，
我甚至在她的身上

* 本诗首次发表于 1848 年 11 月号《酒商回声报》，作于 1843 年年底之前。

把井栏的石头推光。
——我若能就把她忘记！

以温情誓言的名义，
永生永世互相依靠，
为了我们重新和好，
趁酒醉的大好时机，

我恳求她来碰个头，
夜晚，在一条黑路上。
她来了！——真个是疯狂！
疯狂，我们多少都有！

当时她仍然挺俊俏，
尽管很是疲倦！而我，
我太爱她了！所以我
对她说：把生命抛掉！

没人理解我的心意。
愚蠢的醉鬼有这些，
谁曾在这病态之夜
想到用酒做件尸衣？

对这恶棍无机可乘，
简直像铁打的机器，

无论夏天还是冬季，
从不懂真正的爱情，

爱情之黑色的迷狂，
它那阴森的报警队，
它的毒药瓶和眼泪，
锁链与骸骨的声响！

——我自由了，也孤独了！
我今晚将喝个烂醉；
而且不害怕、不后悔，
我将躺在地上睡觉，

我会睡得狗一般死！
轮子沉重的四轮车
满载着石块和土坷，
疯狂的货车满可以

压碎我有罪的脑袋，
或者拦腰截作两处，
我不在乎什么天主、
魔鬼或什么圣餐台！

醉酒的孤独者*

一位风流女子把奇特的目光
向我们暗送，如袅娜的月抛射
一束束白光，向着颤动的湖泊，
它想在水中把慵倦的美涤荡；

赌徒手指间最后的一袋埃居[1]；
瘦削的阿德丽娜[2]之放荡的吻；
温存可人却使人颓靡的乐音，
像人类之痛苦的遥远的嗟吁，

这一切都不及，啊深深的酒瓶，
隆隆大肚藏有的透肤的脂精，
为了虔诚的诗人那焦渴的心，

你给他倒出希望、青春和生命
——而高傲，这清贫者珍视的品行，
使我得意扬扬，就像那位天神！

---

* 本诗首次发表于《恶之花》初版，第九十六首。

1 法国古币名。

2 指荡妇。

醉酒的情侣*

今日的天空多么地壮丽！
不用嚼子，不用缰绳马刺！
骑上酒，就像骑着马一样，
奔向奇妙的、神圣的天上！

像两个天使患了热狂病，
那折磨呀真是铁面无情，
我们在早晨的蓝水晶里，
追寻着遥远的蜃楼海市！

我们软绵绵地左右摇动，
依附着精神旋风的羽翼，
在一种同样的热狂之中，

小妹，我们肩并着肩游弋，
不知疲倦，无休无止，逃向
我们的非非梦想的天堂！

* 本诗首次发表于《恶之花》初版，第九十七首。

恶之花

毁灭*

魔鬼不停地在我的身旁蠢动，
像摸不着的空气在周围荡漾；
我把它吞下，胸膛里阵阵灼痛，
还充满了永恒的、罪恶的欲望。

它知道我酷爱艺术，有的时候
就化作了女人最是妩媚妖娆，
并且以虚伪作为动听的借口，
使我的嘴唇习惯下流的春药。

就这样使我远离上帝的视野，
并把疲惫不堪、气喘吁吁的我
带进了幽深荒芜的厌倦之原，

在我的充满了混乱的眼睛里
扔进张口的创伤、肮脏的衣衫，
还有那“毁灭”的器具鲜血淋漓！

* 本诗首次发表于 1855 年 6 月 1 日《两世界评论》。

被杀的女人*

无名大师的素描

周围是香水瓶，有金丝的绸缎，
给人以快感的家什，
大理石像，油画、熏了香的衣衫
拖曳着豪华的皱襞，

在一间如温室般暖和的房里，
空气又危险又致命，
玻璃棺里面正在枯萎的花枝，
翻白的眼，无思无想，
却依然流露出曙色般的一瞬
蒙眬又惨白的目光。

床上，赤裸裸的躯体无所顾忌，
彻底的随便与放纵，
展示隐秘的光辉，命定的美丽，
那是大自然的馈赠；

* 本诗首次发表于《恶之花》初版，第七十九首。

腿上是暗粉色长袜，缀有金印，
仿佛是残留的纪念；
吊袜带像火辣辣的神秘眼睛，
射出目光钻石一般。

这种孤独，这幅慵懒的大肖像，
发出了最后的呻吟，

一具无头的尸体，鲜血流成河，
流淌在干渴的枕上，
枕布狂饮着鲜红的流动的血，
仿佛那干旱的草场。
就仿佛从黑暗中产生的幻象，
让我们目不能斜视，
她的头，一大团浓发又黑又长，
还戴着珍贵的首饰，

像床头柜上摆放了一株毛茛[1]，
面貌真是奇特不群，
它的态度像一双撩人的目光
流露出阴暗的爱情，

有罪的爱情，各种奇特的狂欢，

1　多年生草本植物，茎叶皆有茸毛。

充满了恶毒的亲吻，
一群魔鬼也高高兴兴地消遣，
在窗帘折褶里浮动；

然而，看她那优雅动人的清癯，
肩膀的生硬的轮廓，
稍尖的臀部以及矫健的身躯，
如一条被激怒的蛇，

她还年轻呀！——她那亢奋的灵魂。
她百无聊赖的感觉，
向着欲火时现时隐的色鬼们，
是不是仍半开半合？

爱报复的男人，你生前多有情，
可是他呀仍不满足，
现在这任人摆布的尸体可曾
满足他巨大的情欲？

——远离嘲讽的世界，不洁的人群，
也远离好奇的法官，
睡吧，安详地睡吧，奇特的女人，
在你那神秘的墓间，

你丈夫跑遍世界，你不朽的形

守护着睡熟了的他，
而他也将会像你一样的忠诚
直到死也不会变化。

被诅咒的女人*

如同卧在沙上的沉思的牲口，
她们把目光转向遥遥海平线，
她们的脚相互寻找，手也靠近，
感到甜美的倦怠，苦涩的震颤。

有的人喜欢久久地倾诉衷情，
她们在溪水喧闹的丛林深处，
拼出羞怯童年时情人的名姓，
刻上了幼小灌木绿色的树皮；

有的人像修女，走得徐缓庄重，
穿过悬崖峭壁，那里幽灵出没，
圣安东尼[1]曾看见如从熔岩中
冒出的绯红的乳房把他诱惑；

---

* 本诗首次发表于《恶之花》初版，第八十二首。女同性恋是波德莱尔的反自然的主题之一，这首诗曾被检察官提起诉讼，要求删除，但未被法院接受。

1 Saint Antoine Le Grand（约 251–356），埃及的隐修士，相传他在隐修中经受住魔鬼的种种诱惑。

有的人，就着欲坠树脂的光亮，
在异教秘地阒无声息的洞穴，
叫你去平息她们高喊的热狂，
巴克斯啊，古老悔恨的哄骗者！

还有人，胸前喜欢罩一件圣披，
长长的衣下有一根皮鞭藏着，
在阴暗的树林、孤独的黑夜里，
把快乐之沫和痛苦之泪混合。

啊！处女，恶魔，怪物，殉道的人们，
都是静观现实的大智大勇者，
无限之探求者，信女，好色之人，
时而大喊大叫，时而涕泗滂沱，

我的灵魂一直追你们到地府，
可怜的姐妹，我爱你们，悯你们，
为了难熬的饥渴，阴郁的痛楚，
盛满你们宽大胸怀的爱之瓮！

两个好姐妹*

放荡和死亡，两个可爱的姑娘，
从不吝惜亲吻，身体亦很壮健，
肚皮永葆童贞，衣衫百孔千疮，
无休止的耕作，却永远不出产。

可悲的诗人，这位家庭的仇敌，
地狱的座上宾，没有钱的廷臣，
坟墓和妓院在它们的绿荫里
为他备下悔恨不曾光顾的床。

棺材卧室充满对神明的亵渎，
像是两个好姐妹向我们供应
可怕的快乐以及骇人的温情。

放荡腌臜丑，你何时让我入土？
与它争雄的死亡啊，你何时来
给恶臭的桃金娘嫁接上黑柏[1]？

---

* 本诗首次发表于《恶之花》初版，第八十三首。

1 桃金娘象征爱情，黑柏象征死亡。

血泉*

有时我觉得我的血奔流如注，
像一口泉以哭泣的节奏喷出。
我清楚地听见它哗哗地流淌，
却总摸不着创口在什么地方。

它穿越城市，就像在角斗场里，
所到之处把街道变成了岛子，
它解除了每一种造物的干渴，
把大自然处处都染成了红色。

我经常请求使人陶醉的美酒，
让使我衰弱的恐怖睡上一回，
可酒却使眼更明亮、耳更敏锐！

我在爱情中寻求睡眠而忘忧，
但爱情于我不过是针毡一领，
铺来让这些残忍的姑娘狂饮！

* 本诗首次发表于《恶之花》初版，第八十八首。

寓意*

这是个举止高贵的美丽女子，
她的长发一直拖进了酒杯里。
爱情的爪，赌场的毒，纷纷滑过
并在她皮肤的花岗石上削弱。
她嘲笑死亡，同时也蔑视放荡，
这些怪物的手总在抓挠盗抢，
但是在破坏活动中却也敬重
这坚定挺拔之躯的凛凛威风。
她走时像女神，坐时却像后妃；
在欢乐中具有伊斯兰的信仰，
张开的两臂之间被双乳塞满，
她用一双眼睛叫人投身其间。
她相信，她知道，这不孕的处女
对于世界的前进毕竟是必需，
肉体之美是一种卓越的天赋，
任何卑鄙的行为都可获宽恕。
她不知道地狱，炼狱也不晓得，

---

* 本诗首次发表于 1857 年，作于 1843 年之前，《恶之花》初版第八十五首。

当那个进入沉沉黑夜的时刻
来临之际，她会正面直视死神，
像一个新生儿，既无悔，亦无恨。

贝雅德丽齐*

一片焦土，寸草不生、满是灰烬，
有那么一天我正把自然怨恨，
茫无目的地游荡，在我的心头，
慢慢地磨砺我的思想的匕首，
正中午看见了头顶上落下来
孕育风暴的阴沉浓厚的云彩，
夹带着一大群专作恶的怪物，
很像那些残忍而好奇的侏儒。
他们开始冷冰冰地把我注视，
好像行人盯着个好笑的疯子，
我听见他们大笑，悄悄地说话，
相互间还挤眉弄眼，比比画画：

“好好地看看这个可笑的伙计，
哈姆雷特的影子，学他的姿势，
优柔寡断的目光，头发随风飘。

* 本诗首次发表于 1855 年 6 月 1 日《两世界评论》。贝雅德丽齐是但丁青年时代的恋人，但丁在《新生》和《神曲》中咏唱过她。这里诗人把她比作让娜·杜瓦尔。

是不是很可怜悯，看见这一号
乐天派、乞丐、闲着的蹩脚戏子、
怪人，因为他知道艺术地演戏，
知道如何能让他的痛苦之歌
感发触动老鹰、蟋蟀、溪流、花朵，
甚至向我们，这些老把戏之祖，
扯着喉咙把皆知的台词背出？”

我本可以（我的骄傲山一样高，
俯视着乌云和怪物们的狂叫）
直截了当地转过我高傲的头，
假使我没看见这下流队里有
（这种罪孽还没有让太阳摇晃）
我心中目光盖世无双的女王，
她也一起嘲笑我阴郁的痛苦，
有时还给它们些淫秽的爱抚。

库忒拉岛之行*

我的心啊像小鸟，快乐地飞翔，
围绕着缆绳自由自在地盘旋，
天空万里无云，帆船破浪向前，
仿佛天使陶醉于灿烂的阳光。

那是什么岛啊！凄凉而又阴暗？
人说是库忒拉，歌谣里的胜地，
老光棍口中老生常谈的乐土。
看哪，说到底不过是一片荒原。

——甜蜜隐私之岛，心灵欢悦之岛！
那古代维纳斯的绝美的幽灵
在你的海上飞翔如香气回萦，
使精神啊充满了爱情和烦恼。

美丽的岛，盛开鲜花，遍生香桃[1]，

---

* 本诗首次发表于 1855 年 6 月 1 日《两世界评论》。库忒拉岛为爱琴海中一小岛，传说为爱神所居。

1 维纳斯的神花，象征爱情和新婚。

全世界历来都对你膜拜顶礼，
爱慕之情啊化作心儿的叹息，
如同玫瑰园的上空香烟缭绕，

或如野鸽咕咕鸣叫永不停歇！
——库忒拉不过是最贫瘠的土地，
一片被尖叫惊恐的荒沙乱石。
我却窥见一个东西怪异奇特！

那不是座林木掩映中的寺庙，
内有喜欢鲜花的年轻女祭司
走动，隐私的热情烧灼着躯体，
一阵微风啊撩起了她的长袍。

就在我们贴着海岸航行之时，
雪白的风帆啊惊起鸟儿一片，
一个三根柱的绞架映入眼帘；
衬着蓝天，像一株黝黑的柏树。

一群猛禽栖在它们的食物上，
疯狂地撕咬一具腐烂的悬尸，
纷纷把邪恶的喙像镐样刨去，
刨进腐尸所有冒着血的地方；

双目已成空洞，肚子已被穿破，

沉甸甸的肠子流到了大腿上，
猛禽将丑恶的乐趣细细品尝，
坚喙一阵啄咬把他彻底阉割。

脚下还有一群垂涎的四足兽，
仰着嘴巴，在四周打转和徘徊，
那当中有一头大兽难熬难耐，
俨然有帮凶侍奉着的刽子手。

你住在库忒拉，美丽天空之子，
你默默地忍受着这种种凌辱，
为了那不洁的崇拜而受惩处，
为了那些罪孽承担无坟之苦。

可笑的悬尸，你同我一样受苦，
看见你摆动的肢体，我感觉到
往日的痛苦化作毒液的波涛，
一直涌上我的喉咙催我呕吐；

面对你，怀着珍贵回忆的苦人，
我感觉到了所有丑鸦的长喙，
我感觉到了所有黑豹的大嘴，
曾是那样喜欢咀嚼我的肉身。

——苍天一碧如洗，大海波平如镜；

从此一切对我变得漆黑血腥。
唉！我的心埋葬在这寓意之中，
好像裹上了厚厚的尸衣一重。

在你的岛上！啊，维纳斯！我只见
那象征的绞架，吊着我的形象，
——啊！上帝啊！给我勇气，给我力量，
让我观望我自己而并不憎厌！

爱神与脑壳*

旧尾花[1]

有一个人类的脑壳
上面坐爱神，
这宝座上的渎神者，
笑得真丢人，

它快活地吹着圆泡，
个个升天宇，
像要把众星宿追到，
在太空深处。

圆泡明亮而且易碎，
往上冲得猛，
破了，吐出纤纤灵魂，
仿佛黄金梦。

我听脑壳一见有泡
就祷告悲叹：

* 本诗首次发表于1855年6月1日《两世界评论》。
1 报刊、书籍中诗文末尾空白处的装饰图画。

——“这游戏残酷又可笑，
何时才算完？

“因为你，杀人的怪物，
你残忍的口
向着天空到处撒布
我的脑、血、肉！”

反抗

圣彼得的否认*

天主怎么办，阵阵咒骂的潮水
每日都朝他亲爱的天使上升？
像个嗓子里塞满酒肉的暴君，
他听着可怕的辱骂欣然入睡。

殉教者和受刑者发出的啜泣，
无疑是支令人陶醉的交响乐，
因为他们虽为快乐付出鲜血，
上天毫不因此而满足了心意！

——啊！耶稣，那橄榄园你可记得清！
你曾经天真地跪地向他祷告，
他却在天上听铁钉的响声笑，
卑鄙的屠夫正往你的肉里钉，

当你看见那一帮厨子和卫兵

* 本诗首次发表于1852年10月《巴黎评论》。圣彼得是耶稣的门徒。耶稣被捕后，他三次不承认认识耶稣。事见《新约·马太福音》第二十六章。

无耻地往你的神性上吐唾沫[1]，
当你感到荆棘刺进你的脑壳，
那里面活着广大无边的人性；

当你力竭的躯体的可怕重力
拉长你伸开的手臂，而你的血
和你的汗流过变得惨白的额，
当你被拖出来示众，作为靶子，

你可梦见那光辉美丽的日子，
你是为了实现永远的约[2]而来，
你骑着一头母驴温顺而可爱，
走过铺满鲜花和树枝的街衢，

你的心中鼓胀着希望和勇武
你用力鞭打那些卑鄙的商人，
你终于成了主人？而悔恨可曾
在枪扎之前先刺进你的肋骨？[3]

——当然，至于我，我将满意地抛却
一个行与梦不是姐妹的世间；

---

1 《新约·马太福音》："他们就吐唾沫在他脸上。"

2 《旧约·创世记》："我要与你……坚立我的约，作永远的约，是要做你和你后裔的上帝。"

3 以上诸事均为《圣经》所述，不详注。

我只能使用刀剑，或死于刀剑！

圣彼得不认耶稣……他做得正确！

亚伯和该隐*

一

亚伯之子，你睡、喝、吃；
上帝向你亲切微笑。

该隐之子，在泥水里，
你爬滚着，凄然死掉。

亚伯之子，你的供奉，
大天神闻到心喜欢！

该隐之子，你的苦刑，
难道永远没有个完？

亚伯之子，你的播种，
你的放牧，都获丰收；

* 本诗首次发表于《恶之花》初版，第九十一首。亚伯和该隐是亚当的儿子，耶和华看中亚伯的供奉，该隐怒，杀其弟，遂受罚永世流浪。事见《旧约·创世记》第四章。

该隐之子，你的肠中，
辘辘鸣响，像只老狗。

亚伯之子，烘暖胃袋，
在世代传留的炉畔；

该隐之子，可怜的豺，
在洞穴里冷得打战！

亚伯之子，恋爱，繁殖！
大黄金生出小黄金。

啊该隐之子，心焦如炽，
这大胃口你得当心。

亚伯之子，椿象[1]一样，
在那里滋生和啃食！

该隐之子，却在路上，
拖曳着濒死的家室。

二

亚伯之子，你的腐尸，

1 昆虫的一科，种类很多，害虫居多。

啊，会肥沃你那良田！

该隐之子，你的活计，
还没有充分地做完；

亚伯之子，真是耻辱；
犁铧竟被猎矛打败！

该隐之子，升上天宇，
把上帝扔到地上来！

献给撒旦的祷文*

你呀，最博学最俊美的天使呀，
你被命运出卖，横遭世人谩骂，

啊撒旦，怜悯我这无尽的苦难！

你这流亡之君，人家亏待了你，
而你，屡败屡起，一日强似一日，

啊撒旦，怜悯我这无尽的苦难！

你无所不知，你这地下的君王，
常常医治人类的焦虑和恐慌，

啊撒旦，怜悯我这无尽的苦难！

就是麻风病人，受诅咒的贱民，
你也让他们尝到天堂的滋味，

---

* 本诗首次发表于《恶之花》初版，第九十二首。

啊撒旦，怜悯我这无尽的苦难！

死亡是你年迈却强壮的情侣，
你让她生出希望——迷人的疯子，

啊撒旦，怜悯我这无尽的苦难！

你教流亡者目光平静而高傲，
睥睨在断头台旁围观的群小，

啊撒旦，怜悯我这无尽的苦难！

你知道在这块忌妒的土地上，
猜疑的上帝把宝石藏在何方，

啊撒旦，怜悯我这无尽的苦难！

你目光明亮洞察武库的深处，
那里埋藏着各种金属的兵器，

啊撒旦，怜悯我这无尽的苦难！

梦游的人在楼顶的边缘彳亍，
你用宽大的手掌遮住了绝壁，

啊撒旦，怜悯我这无尽的苦难！

迟归的醉汉被奔马踢倒在地，
你神奇地使他依然活动如初，

啊撒旦，怜悯我这无尽的苦难！

你为了慰藉备受痛苦的弱者，
你教会了我们把硝和硫混合，

啊撒旦，怜悯我这无尽的苦难！

你把你的印记，啊巧妙的帮忙，
打在为富不仁的富豪的额上，

啊撒旦，怜悯我这无尽的苦难！

你在姑娘的眼里和心里放入，
对创伤的崇拜，对褴褛的爱慕，

啊撒旦，怜悯我这无尽的苦难！

流亡者的拐棍，发明家的明烛，
被吊死的人和谋反者的心腹，

啊撒旦，怜悯我这无尽的苦难！

有人被震怒的天使逐出乐土，
这些人把你当作他们的继父，

啊撒旦，怜悯我这无尽的苦难！

祷告

撒旦啊，我赞美你，光荣归于你，
你在地狱的深处，虽败志不移，
你暗中梦想着你为王的天外！
让我的灵魂有朝一日憩息在
智慧树下和你的身旁，那时候
枝叶如新庙般荫蔽你的额头！

死亡

情人之死*

我们会有充满着清香的眠床，
深深的如同坟墓一样的沙发，
奇特的花卉为我们在架子上
开放着，天空也更是美丽有加。

两颗心竞相燃尽最后的热量，
最后将变成两支巨大的火把，
在两个精神，在孪生的镜子上
相互映出了彼此双重的光华。

玫瑰和神秘蓝色做成的夜晚，
我们将互相射出唯一的闪电，
仿佛长长的呜咽，充满了别绪；

随后，有一位天使忠诚又快乐，
他把门微微地打开，进来擦拭
无光的镜子和点燃死灭的火。

* 本诗首次发表于 1851 年 4 月 9 日《议会信使》。

穷人之死*

死亡给人慰藉，唉！又使人生活；
这是生命的目的，唯一的希望，
像琼浆一样，使我们沉醉，振作，
给我们勇气直走到天色昏黄；

穿过飞雪，穿过浓霜，穿过暴雨，
那是漆黑的天际的颤颤光华；
那是写在册子上的著名逆旅，
那里可以吃，可以睡，可以坐下；

那是天使，在有磁性的手指间
掌握着睡眠，恩赐恍惚的梦幻，
又替赤裸的穷人把床铺整顿；

这是神祇的荣耀，神秘的谷仓，
这是穷人的钱袋，古老的家乡，
这是通往那陌生天国的大门！

---

* 本诗首次发表于《恶之花》初版，第九十九首。

艺术家之死*

我得多少次把我的铃铛晃摇，
吻你低低的额头，阴郁的丑怪？
为了射中神秘本质这个目标，
箭筒啊，我还要把多少箭射歪？

我们费尽了心机，细细地谋图，
我们把许多沉重的骨架毁弃
然后才能静观伟大的创造物，
它可怕的欲望让人呜咽不止！

有的人从未见过他们的偶像，
这些受尽凌辱的苦命雕塑家
将要狠命地捶打胸脯和脑瓜，

唯一的希望，奇特阴森的殿堂[1]，
是死亡像一个新的太阳飞来，
让他们头脑中的花充分绽开！

---

* 本诗首次发表于 1851 年 4 月 9 日《议会信使》。

1 Capitole，指罗马卡皮托利山上的朱庇特神殿，此处喻艺术之最高境界。

一天的结束*

在一片灰白的光下，
奔跑，舞蹈，无端乱扭，
生活，无耻而又喧哗；
同时，地平线上又有

淫逸快活的夜升起，
平复一切，甚至饥饿，
消弭一切，甚至羞耻，
“可到头了！”诗人心说，

“我的精神，我的脊梁，
都热切地呼唤闲暇；
心里满是凄凄梦想，

“我要仰面朝天躺下，
在你的帷幔中蜷缩，
哦清凉爽人的黑夜！”

---

* 本诗首次发表于《恶之花》1861 年版。

好奇者之梦*

给费·纳[1]

你是否像我熟悉可口的痛苦，
且让人说你："哦，真是一个怪人！"
——我差一点死。在我多情的心里，
那是种奇病，欲望与恐惧相混；

焦虑，强烈希望，没有叛逆情绪。
宿命的沙壶越是快要漏干净，
我的痛苦就越尖锐，也越甜蜜；
我的心完全离开熟识的环境。

我从前是个贪看演戏的小孩
憎恨幕布如同别人憎恨障碍……
冷冰冰的真实终于大白天下：

我死得平淡无奇，可怕的曙色
已裹住了我。——怎么！这样就完啦？
帷幕已经拉起，可我还在等着。

---

* 本诗首次发表于 1860 年 3 月 15 日《当代评论》。

1 即费利克斯·纳达尔（Félix Nadar，1820–1910），法国作家、画家、摄影家，波德莱尔的朋友。

远行*

给马克西姆·杜刚[1]

一

对于喜欢地图和画片的娃娃，
天和地等于他那巨大的爱好[2]。
啊！灯光下的世界多么广大！
回忆眼中的世界多么的狭小！

早晨我们出发，脑袋里一团火，
心中充满怨恨和苦涩的欲望，
我们向前，踏着有节奏的浪波，
在大海的有限中把无限摇晃：

有的人庆幸逃离卑劣的祖国，
有的人庆幸逃离故乡的恐惧，
几个迷恋女人眼睛的占星者，

---

* 本诗首次发表于 1859 年 4 月 10 日《法兰西评论》，写作时间约在同年一月。后收入《恶之花》1861 年版，第一百二十六首，即最后一首。

1 Maxime Du Camp（1822–1894），法国作家和旅行家，以歌颂“进步”著称。

2 波德莱尔自幼酷爱绘画。

庆幸逃离有迷药的残暴魔女[1]。

为了不变成畜生，他们欣赏着
寥廓，明亮和天上的片片火云；
啮人的冰，把皮肤晒成铜色的
太阳，慢慢地抹去接吻的遗痕。

然而，真正的旅人只是这些人，
他们为走而走；心轻得像气球，
他们永远不逃避自己的命运，
他们并不管为什么，总是说："走!"

他们的欲望的形状有如云朵；
他们像一个梦见大炮的新兵，
梦见了巨大、多变、未知的快乐，
人类的精神永远不知其名称！

二

真可怕！我们就像陀螺和圆球，
在旋转着，蹦跳着；甚至在睡乡，
好奇心也让我们辗转和难受，

1 住在埃埃厄岛上的魔女喀耳刻，曾使奥德修斯的同伴变成猪。事见《奥德修纪》。

仿佛残忍的天使鞭打着太阳。

奇特的命运，目的地变化无端，
哪里都不是，也可能哪里都行！
人，怀抱着希望永远不知疲倦，
为了能休息疯子般奔走不停！

我们的灵魂是一艘三桅帆船，
寻找它的伊加利亚[1]，甲板上叫：
“看哪！”桅楼上的声音热烈疯癫：
“爱情……荣耀……幸福！”糟了，一块暗礁！

瞭望的人指出的每一座小岛，
都是命运之神许诺的黄金乡；
想象力已把狂欢的酒席摆好，
却发现原来是礁石映着晨光。

这热恋着幻想国的可怜人啊！
要把他用铁链捆住投入大海？
醉酒的水手，编造出阿美利加，
其幻影使深渊变得更加悲哀。

仿佛老流浪汉，不顾满脚泥泞，

1　法国空想社会主义者卡贝（Etienne Cabet，1788–1856）于1840年发表《伊加利亚旅行记》。

鼻子朝天，梦想着明亮的天堂；
着魔的眼睛发现了卡普亚城[1]，
只要有一间破屋闪烁着烛光。

三

可惊的旅人！多么高贵的故事，
我们在深邃如海的眼中读到！
请拿出你们丰富回忆的首饰，
那些星辰和大气做成的珠宝。

我们想远行，不用蒸汽和风帆！
为了把坐牢一样的烦闷减轻，
我们的精神如画布一般高悬，
请画上你们的回忆及其远景。

说呀，见过什么？

四

“我们见过星星，
也见过波涛，我们还见过沙滩；
尽管有许多冲击，意外的不幸，

1　意大利古城，喻温柔富贵乡。

我们也像在这里常感到厌倦。

“辉煌的太阳照在紫色的海上，
壮丽的城市裹在落日的光中，
我们的心中燃起不安的欲望，
想跃入闪着诱人反光的天空。

“最富有的城市，最壮美的风光，
也从未具有这样神秘的魅力，
像偶然与白云相结合起来那样；
欲望总是让我们对它们注意！

“——享受给欲望增加了新的力度，
欲望，这株老树以快乐为营养，
你却让你的皮变得又硬又粗，
你的树枝想更近地看看太阳！

“你这比柏树更具活力的大树，
你还长吗？可我们已经细心地
为你贪婪的手册找了几张图，
你们总以为远来的就美，兄弟！

“我们朝拜过垂着象鼻的偶像[1]；

1 指印度神话中的智慧神，长鼻小眼，为文学的保护神，又可保佑旅途平安。

礼赞过王座，闪光的宝物纵横，
瞻仰过精美宫殿，神奇的排场
是让你们的银行家破产的梦；

“还有令眼睛陶然欲醉的服饰，
牙齿和指甲染上颜色的女人，
巧妙地要把戏者，任蛇来亲昵。”

五

还有呢？还有呢？

六

“啊幼稚的脑筋！

“有一件重要事情不应该漏掉，
我们并非有意去找，却总是能
在宿命阶梯的上上下下见到
那种永恒罪孽之烦闷的场景；

“女人是卑贱、骄傲、愚蠢的奴隶，
自爱而不厌烦，自敬而不快慰；
男人，荒淫又无情，贪财又贪吃，
这暴君是奴隶之奴、阴沟之水；

“刽子手在作乐，殉道者在呜咽；
欢宴以血充当香料和调味剂；
权力之毒令专制者头脑发热，
百姓却喜欢使人愚昧的鞭子；

“有好几种宗教与我们的相像，
都想升上天堂；而希望入圣者
像爱讲究的人躺在羽绒床上，
在钉板和鬃衣中寻求着快乐；

“人类自以为聪明，不住地唠叨，
然而却古往今来一样地愚痴，
在狂暴的挣扎中向上帝喊叫：
‘我的同类，我的主人，我诅咒你！’

“不那么蠢的人，喜欢做荒唐事，
从被命运囚禁的群氓中逃跑，
在广大无边的鸦片烟中藏匿，
——这就是关于全球的永久报告。”

七

从旅行中汲取的知识真悲伤！
世界单调狭小，今天、昨天、明天，
总是让我们看见自己的形象：
恐怖的绿洲在无聊的沙漠间！

是去？是留？若能留，就留在原地；
必须走，就出发。有人跑，有人躲，
都为骗过警觉而阴森的仇敌，
时间！唉，仍有不停息的奔波者，

既像使徒，又像漂泊的犹太人，
乘车或坐船，总是不能够逃避
这卑鄙的角斗士；还有一些人
知道怎样杀它[1]，不必离开故里。

一旦它把脚踏上我们的脊梁，
我们还能有希望，并高呼："向前！"
如同往日我们向着中国远航，
眼睛盯着大海，头发迎风飘散，

怀着年轻乘客一颗快活的心，
我们登船驶向冥冥国的海上。
你们可听见迷人阴森的声音
唱道："到这里来，你们这些想尝

"忘忧香果的人！正是此地收获
这种你们渴望着的神奇果类；

1 "杀死时间"是法语中一个习惯说法，意指"消磨时间"，这里波德莱尔用得贴切又巧妙，顿生异彩。

这里的午后一片温馨真奇特，
永无尽头，你们可愿来此一醉！”

这腔调好熟，我们认出了幽魂；
我们的皮拉得斯[1]把我们迎接。
“去找你的厄勒克特拉[2]宽宽心！”
我们曾吻过膝的那个女人[3]说。

八

哦死亡，老船长，起锚，时间到了！
这地方令人厌倦，哦死亡！开航！
如果说天空和海洋漆黑如墨，
你知道我们的心却充满阳光！

倒出你的毒药，激励我们远航！
只要这火还灼着头脑，我们必
深入渊底，地狱天堂又有何妨？
到未知世界之底去发现新奇！

---

1 Pylades，希腊神话中的一个王子，俄瑞斯忒斯的密友。俄因母亲弑夫另嫁而弑母为父报仇，后与皮一同逃亡。波德莱尔因母亲再嫁而常自比俄瑞斯忒斯。

2 Electra，俄瑞斯忒斯的姐姐，鼓励弟弟弑母为父报仇，后嫁皮拉得斯。此处可能暗指诗人的情人让娜·杜瓦尔。

3 此处可能暗指诗人的母亲。

恶之花

（1868年第三版增补）

一本禁书的题词*

平和的田园诗读者，
朴实而幼稚的君子，
扔掉这本伤感的诗，
它是既忧郁又狂热。

如果你未学过修辞，
把狡黠老撒旦师从，
扔掉它，因为你不懂，
或认为我歇斯底里。

如果你不让人迷惑，
你的眼能深入渊底，
读我吧，为学会爱我；

痛苦的灵魂真好奇，
快把你的天堂寻觅，
怜悯我！……不然我咒你！

* 本诗首次发表于 1861 年 9 月 15 日《欧洲评论》。

忧伤的情歌*

一

我不管你是否聪慧。
要漂亮！要忧伤！泪眼
给面庞增添了妩媚，
就像风景有了流水；
暴雨后花儿更鲜艳。

我爱你，尤其当快乐
逃离你沮丧的额头，
你的心被恐惧淹没，
你的现在之上飘落
过去的恐惧之云头。

我爱你，当你的大眼
流下泪水血一般热；
当，虽有我的手催眠，
你过于沉重的不安

---

* 本诗首次发表于 1861 年 5 月 15 日《幻想派评论》。

发出垂死者的喘呃。

我吸进，神圣的快意！
深沉而美妙的赞颂！
你胸中所有的啜泣，
相信你的眼流出的
珍珠照亮了你的心。

二

我知道你心中留着
旧情，虽然已没了根，
还像煅炉吐出火舌，
你的胸中还潜藏着
受苦者的一点骄矜；

然而我亲爱的，只要
你的梦映不出地狱，
只要还是噩梦萦绕，
看见刀剑，看见毒药，
迷恋着火药和兵器，

对人说话怀有恐惧，
到处都看出了灾祸，
时钟响时还会抽搐，

但却未感觉到厌恶
那不可抗拒的压迫，

你就不能，女王奴隶，
你爱我却心怀恐惶，
在可怕的不祥之夜
尽管你想喊，对我说：
“我和你平等，我的王！”

一个异教徒的祈祷*

啊！别让你的火减弱，
把我麻木的心烤烤，
快乐，这灵魂的折磨！
女神啊！听我的祈祷！[1]

女神啊充塞于大气，
地下则有熊熊之火！
请让冻僵的心满意，
它献给你青铜之歌。

快乐，永做我的女王！
把美人鱼面具戴上，
肉和丝绒的美人鱼，

或把你的沉沉睡意，
撒向无形神秘的酒，
快乐，有弹性的灵幽！

---

* 本诗首次发表于 1861 年 9 月 15 日《欧洲评论》。

1 原文为拉丁文：Diva! Supplicem exaudi!

反抗者*

愤怒的天使从天上猛扑如鸷，
一把抓住了不信神者的头发，
摇晃着他说："你会知道规矩的！
我说的！（我是你的保护神，懂吗？）

"你得知道必须爱，不要皱眉头，
爱穷人、坏人、白痴、心术不正者，
为了你能在耶稣走过的时候
用你的慈悲为他铺胜利地毯。

"这就是爱！趁你的心尚未麻痹，
要借助天主的荣耀重获狂喜；
这是真正的快乐，魅力能坚持！"

天哪，天使越是爱，越是要惩罚，
用巨人之拳把被教的人痛打，
可挨打者总是回答："我不愿意！"

---

* 本诗首次发表于1861年9月15日《欧洲评论》，作于1843年前。

警告者*

配称为人者都算数，
心中皆有一条黄蛇，
仿佛安然居于王座，
人说：“我想！”它就说：“不！”

你若是盯着女水精、
女羊人[1]不动的眼睛，
牙齿[2]就说：“想想责任！”

你若是植物，生孩子，
作诗歌，雕刻大理石，
牙齿就说：“今晚吃甚？”

他打算，或者他希求，
活着的人无时无刻
不受着它的警告，蛇，
真是让人不堪忍受。

---

* 本诗首次发表于1861年9月15日《欧洲评论》。
1 女水精和女羊人都是神话传说中的精灵，性皆淫荡。
2 可喻时间。

沉思*

听话，哦我的痛苦，别这样吵闹。
你要黑夜；它下来了；它就在此：
有人得到安详，有人得到苦恼；
一种昏暗的氛围裹住了城市。

卑劣的凡夫俗子们结队成群，
挨享乐这无情屠夫的鞭子抽，
去到卑屈的节日上采撷悔恨，
我的痛苦啊，伸出手，打这儿走，

远离他们。看那悠悠岁月俯身
在天的阳台上，穿着过时衣裙；
从水底冒出了笑盈盈的惋惜；

垂死的太阳已在桥拱下睡熟，
仿佛拖在东方的长长的尸衣，
听，亲爱的，听温柔的夜的脚步。

---

* 本诗首次发表于 1861 年 11 月 1 日《欧洲评论》。

盖子*

无论他去哪里，陆地还是大海，
白色的太阳，还是冒火的天气，
炫目的富翁，还是阴郁的乞丐，
爱神的廷臣，还是耶稣的信徒，

流浪汉，定居者，城里人和农夫，
小小的头脑，是活跃还是迟缓，
人处处都忍受着神秘的恐怖，
他们只能望着天空，两眼发颤。

上面是天空，闷死人的地窖墙，
天花板为演出喜剧而被照亮，
每个丑角都踩着血污的地面；

放荡者的恐怖，疯隐士的希冀，
天空是一口大锅的黑色盖子，
煮着数不清的人类望不到边。

---

* 本诗首次发表于 1862 年 1 月 12 日《林荫大道》。

被冒犯的月神*

月神，我们父兄暗中把你崇敬，
蓝色国度的高处，灿烂的后宫，
星辰跟随着你，仪仗亮丽鲜明，
我的老辛提亚[1]，我们的窝的灯，

你可见幸福的陋床上的一对，
酣睡中嘴里露出鲜明的白釉？
诗人在寻章摘句中碰破额头？
或蝰蛇在干枯的草丛下交尾？

披着你的黄袍，脚步悄然无声，
你还要像从前，从夜晚到清晨，
跑去吻恩底弥翁[2]过时的俊美？

"没落世纪之子，我看见你母亲，
对镜俯下多年的重重的一堆，
给喂过你的乳房精心地搽粉！"

---

* 本诗首次发表于 1862 年 3 月 1 日《艺术家》。

1 拜伦、雪莱等英国诗人一向对月亮的称呼。

2 Endymion，俊美的牧童，月神爱上了他，每夜到他睡觉的山洞里吻他。

深渊*

帕斯卡有他的深渊，跟着他动。
——咳！一切都是深渊，梦，行动，欲望，
话语！在我直直立起的汗毛上，
我多次感到有恐惧之风吹动。

上面，下面，到处，都是深洞、石滩，
沉寂，可怕而又吸引人的宇宙……
我的夜的背景上，天主用妙手
画出了多种多样无尽的噩梦。

我怕睡眠，就像别人怕大窟窿，
处处无名恐惧，不知往哪里通；
我从所有的窗里只看见无限，

我的精神总受着眩晕的骚扰，
看见的是忌妒着虚无的麻木。
——啊！永远也不要走出“数”和“存在”！[1]

---

* 本诗首次发表于 1862 年 3 月 1 日《艺术家》。

1 这句诗释义歧出，其中一种是：波德莱尔希望固守本质，不使创造堕入“复杂”。

伊卡洛斯的哀叹*

卖身之女的情人们
都很幸福，舒适，满意，
而我，却折断了手臂，
因为曾经拥抱白云。

多亏那些无双星辰，
在天空的深处辉映，
使我这衰竭的眼睛
把太阳的回忆留存。

我徒然妄想去发现
宇宙的终极和中心，
不知名的火眼已近，
我感到了翅膀折断；

为了爱美而被烧焚，

* 本诗首次发表于 1862 年 12 月 8 日《林荫大道》。希腊神话中，伊卡洛斯是代达罗斯的儿子，和父亲一同插上用鸟羽做成的涂蜡的翅膀，飞离克里特岛。他不听父亲的警告，飞得太高，翅膀上的蜡被日光烧化，坠海而亡。

我没有无上的体面，
把我的名给予深渊，
它将成为我的墓坟。[1]

1　此节为诗人自叹。

夜静思*

挂钟正把午夜敲响，
规劝我们，颇具讽刺，
提醒大家问问自己，
岁月流逝，用得怎样；
——今天的日子不吉利，
是个星期五，十三号，
尽管我们清楚知道，
仍像异教徒般行事。

我们曾经辱骂耶稣，
最不能存疑的神明！
犹如某人喜欢寄生，
陪残酷的富豪欢酺。
为了讨好一个畜生，
魔鬼之称职的臣子，
所爱的我们就鄙视，
所厌的我们就奉承；

* 本诗首次发表于1863年2月1日《林荫大道》。

我们像卑屈的屠夫，
伤害白受辱的弱者，
又欢迎骇人的愚野，
它有着公牛的头颅；
我们吻愚蠢的物质，
心中充满爱慕景仰，
腐朽发出灰白的光，
我们却要祝福感激。

最后，为了把那眩晕
淹没在疯狂中，我们，
骄傲的竖琴祭司[1]们，
光荣地让沉醉兴奋，
在阴郁事物中显现，
不渴而饮，不饥而食！……
——快把灯吹灭，为的是
让我们藏身于黑暗！

1 指诗人。

远离此地*

这里是神圣的小屋，
屋里的姑娘好装束，
平静却总准备外出，

她一只手扇着胸口，
坐垫上支着她的肘，
听着池塘在把泪流：

这是多罗泰的房间。
——风和水在远处歌唱，
这歌声被啜泣打断，
为了给这宠儿催眠。

从上到下，精心揉搓
她那细而嫩的皮肤，
用的是香料、息香沫。
——花儿在角落里昏厥。

---

* 本诗首次发表于 1864 年 3 月 1 日《新评论》。

残诗集

浪漫派的夕阳*

初升的太阳多么新鲜多么美，
仿佛爆炸一样射出它的问候！
怀着爱情礼赞它的人真幸福，
因为它的西沉比梦幻还生辉！

我记得！……我见过鲜花、犁沟、清泉，
都在它眼下痴迷，像心儿在跳……
快朝天边跑呀，天色已晚，快跑，
至少能抓住一缕斜斜的光线！

但我徒然追赶已离去的上帝；
不可阻挡的黑夜建立了统治，
黑暗，潮湿，阴郁，到处都在颤抖，

一股坟墓味儿在黑暗中飘荡，
我两脚战战兢兢，在沼泽边上，
不料碰到蛤蟆和冰凉的蜗牛。

---

* 本诗首次发表于 1862 年 1 月 12 日《林荫大道》。

莱斯波斯*

拉丁游戏和希腊快感的母亲，
莱斯波斯，那里亲吻忧郁、快乐，
阳光一样炽热，西瓜一样清新，
装点着辉煌灿烂的日日夜夜；
拉丁游戏和希腊快乐的母亲，

莱斯波斯，那里亲吻像是飞流，
无所畏惧地泻入无底的深渊，
发出阵阵抽泣和叫喊地奔流，
狂暴而又神秘，拥挤而又深远，
莱斯波斯，那里亲吻像是飞流！

莱斯波斯，那里美女相互引吸，
一声叹息决不迟迟没有回声，
星辰像对帕福斯[1]一样赞美你，

---

* 本诗首次发表于1850年，见于《爱情诗人》一书，为六首禁诗之一。莱斯波斯为爱琴海一岛名。古希腊女诗人萨福住在岛上，她在那里创立一所音乐学校，教授女弟子。她写有抒情诗，包括情歌、婚歌、颂歌等，今多不存。

1 Pafos，塞浦路斯岛的古都，以维纳斯圣殿著名。

维纳斯理应对萨福[1]妒意填膺！
莱斯波斯那里美女相互引吸，

莱斯波斯，其地夜晚慵倦炎热，
使眼睛深陷的少女对着镜子，
看钟情的肉体徒然生出快乐！
抚摩自己的成年之成熟果实；
莱斯波斯，其地夜晚慵倦炎热，

让老柏拉图把严峻的眉皱起；
你得到宽恕，虽然你亲吻过度，
温柔国的王，可爱高贵的土地，
你也是无穷无尽的细腻之主。
让老柏拉图把严峻的眉皱起。

折磨没有穷尽，你仍得到宽恕，
不断施与那些有野心的人们，
灿烂微笑吸引他们来自远处，
尽管在异域只看得模糊朦胧！
折磨没有穷尽，你仍得到宽恕！

哪个神，莱斯波斯，敢把你裁决，
为你百忙中苍白的额头判刑，

1　萨福写诗盛赞美貌的少女，被当作女同性恋的典型。

如果他的黄金天平不曾称过
你那些小溪注入大海的泪洪？
哪个神，莱斯波斯，敢把你裁决？

公正与不公之法将我们如何？
心灵高尚的处女，群岛[1]的荣耀，
你们的各种宗教，都是严峻的，
爱情对地狱和天堂都会嘲笑！
公正与不公之法将我们如何？

因为莱斯波斯从人间选了我，
歌唱它那些如花处女的奥秘，
那种狂笑和阴郁的泪的混合，
我自幼就洞悉这黑色的神秘，
因为莱斯波斯从人间选了我。

从此我瞭望在琉卡第亚[2]山顶，
仿佛一个哨兵，目光锐利可靠，
日夜捕捉双桅船、小帆船、快艇
在远处的碧空中颤动的形貌；
从此我瞭望在琉卡第亚山顶，

1 指爱琴海。
2 Leucadian，爱奥尼亚海中一岛名。

为了知道大海是否宽宏仁慈，
在岩石间有阵阵呜咽声传来，
某晚可会给宽容的莱斯波斯
带来萨福尊贵的尸体，她投海[1]
为了知道大海是否宽宏仁慈！

男子风的萨福，多情女和诗人，
比维纳斯更美，因忧郁的苍白！
——碧蓝的眼睛比不过黑色眼睛，
阴沉的眼圈由痛苦画了出来，
男子风的萨福，多情女和诗人！

比挺立在世上的维纳斯更美，
虽然她将她的那些宁静之珍、
她那片金黄色的青春之光辉
倾泻于迷恋女儿的海洋老人；
比挺立在世上的维纳斯更美！

——萨福在亵渎神明的那天死去，
她无视礼仪和人创立的崇拜，
把娇躯变成粗人无上的话题，
其傲慢惩罚她对宗教的拒排，
萨福在亵渎神明的那天死去。

1　相传萨福爱上青年渔夫法翁，因失恋在琉卡第亚的岩顶投海。

从那时，莱斯波斯就独自哀叹，
尽管普天下都对它表示尊敬，
它每夜仍沉溺于荒凉的海岸
对着天空发出的痛苦的悲鸣！
从那时，莱斯波斯就独自哀叹！

被诅咒的女人*

德尔菲娜和伊波利特

无力的灯投下了淡淡的光束，
从深深的坐垫里散发出香气，
伊波利特梦想强有力的爱抚，
给她把年轻的天真之幕拉起。

她用那风暴吹得迷乱的目光，
寻找已悠悠远去的天真之天，
就像一个羁旅之人转头朝向
早晨已经走过的蓝色地平线。

虚弱的眼中流出慵倦的泪滴、
疲惫的神色、惊愕、阴郁的快慰，
手臂无力，统统像丢弃的兵器，
然而都用于装饰她脆弱的美。

躺在她的脚下，平静然而快乐，
德尔菲娜目光热烈地望着她，

* 本诗首次发表于《恶之花》初版，第八十一首，为六首禁诗之一。

仿佛一头猛兽把猎物监视着，
它此前已经用牙齿咬了一下。

强壮美人跪倒在柔弱美人前，
她真漂亮，满怀快感地吮吸着
胜利之酒，朝着她把肢体伸展，
好像是为了领受温柔的感谢。

她在那苍白的牺牲品的眼里
寻找欢乐所歌唱的无声颂赞
和那种崇高的无止境的感激，
它从眼皮上流露如一声长叹。

“伊波利特，亲爱的，你觉得如何？
现在你明白了吧？你不应该将
你初开的玫瑰这神圣的供果
献给狂风，它会使之凋零枯黄。

“我的亲吻轻柔得像那些蜉蝣，
黄昏时分轻掠过透明的大泽，
而你的情郎的亲吻挖出濠沟，
就像那些锋利的犁铧和货车；

“他们又像马和牛，负载沉甸甸
从你身上过去，四蹄毫无惜怜……

伊波利特，啊！妹妹，转过你的脸，
你，我的魂和心，我的一切和一半，

“把你布满蓝天、星辰的眼回转，
啊神膏，为这迷人的目光一瞥，
我拉开更隐秘的快乐的帷幔，
让你在无穷无尽的梦中睡着！”

可伊波利特把年轻的头抬起：
“我决不忘恩负义，也决不后悔，
我的德尔菲娜，可我痛苦、恐惧，
像参加一次夜间的恐怖宴会。

“我觉得沉重的恐怖朝我猛扑，
还有各种幽灵黑压压的一片，
想把我引上晃动不定的道路，
四面八方都是血淋淋的天边。

“难道我们做了一件古怪的事？
如果能，就解释我的慌乱、恐惧：
你说：‘我的天使！’我就怕得战栗，
又觉得我的嘴往你的嘴靠去。

“别这样看着我，你啊，我的思念！
我永远地爱你，我最好的姐姐，

哪怕你是一个圈套让我去钻，
哪怕是从你开始我就要堕落。”

德尔菲娜摇晃那悲怆的长发，
好像站在铁制三脚台[1]上顿足，
目光不可抗拒，语气专横，回答：
“谁竟敢在爱情面前谈论地狱？

“那无用的做梦的人真是该死，
他真愚蠢，竟想第一个来解决
一个无解的、没有结果的问题，
竟在爱情的事情上混进贞洁！

“谁若想在一种神秘的协调里
结合白天和黑夜、炎热和阴凉，
谁就永远烘不暖瘫痪的躯体，
用那人称爱情的红色的太阳！

“去，如果愿意，找个愚蠢未婚夫；
快把处女的心献给残酷的吻；
面无血色，充满了悔恨和厌恶，
你带给我的是双乳累累伤痕……

1　古代希腊的阿波罗神庙里有铜制三脚台，女祭司坐于其上向人宣读神谕。

“在世间只能让一个主人喜欢！”
可少女却流露出巨大的悲痛，
突然喊道：“我觉得洞开的深渊
在体内扩大；深渊就是我的心！

“虚空一般深邃，火山一般灼热，
这呻吟着的怪物呀无可满足，
欧墨尼得[1]的干渴也无法缓解，
它手持火炬，直烧得鲜血流出。

“愿我们的帷幕隔开这个世界，
愿厌倦能够给我们带来安详！
我愿在你深邃的双乳间毁灭，
在你的乳上找到坟墓的清凉！”

——下去吧，下去吧，可悲的牺牲者，
下到通往永劫地狱的道路吧！
沉入深渊最深处，那儿，一切罪孽，
都受不到来自天上的风鞭打，

乱糟糟沸作一团，发出风暴声。
疯狂亡灵，奔向欲望的目标吧；
你们永不能满足你们的激情

1　Eumenides，希腊神话中的复仇女神。

而你们的快乐将产生出惩罚。

绝无新鲜阳光照进你们的洞；
发热的瘴气将从墙壁的缝隙
渗入，一边燃烧起来有如提灯，
可怕的气味钻进你们的肉体。

你们的享乐酸涩而不结果实，
增加你们的渴，冷却你们的皮，
而淫欲的狂风使你们的肉体
喀喀作响，像一面破旧的旗帜。

被判决的游荡女人，远离活人，
狼一样在茫茫荒野上奔跑呀；
放荡的灵魂，创造你们的命运，
并逃离你们背负着的无限吧！

忘川*

残酷固执的人，靠紧我呀，
心爱的老虎，冷漠的怪兽；
我要把颤抖的手指久久
伸进你浓密厚重的长发；

掀开你充满香气的衣裙，
把我疼痛的头深深埋藏，
像闻一朵枯萎的花一样，
闻一闻往日爱情的温馨。

我真想睡呀！长睡而不醒！
睡得如同死一般的香甜，
我将把无悔的亲吻涂遍
你那铜一般光滑的娇躯。

要吞没已经平静的抽噎，
最好是你深不可测的床；

---

* 本诗首次发表于《恶之花》初版，为六首禁诗之一。忘川为希腊神话中冥府之河，饮其水能忘过去。

你嘴上住着强大的遗忘，
忘川呀在你的吻中流过。

我的命运从此变成欢情，
我将服从，仿佛命该不凡；
顺从的牺牲，无辜的囚犯，
狂热又加重了他的苦刑，

为了消除怨恨，我将吮吸
忘忧草和毒人芹的汁液，
在尖尖乳房迷人的顶端；
它从不曾有过真心实意。

给一个过于快活的女郎*

你的容貌、举止、神气
美若一片美的风景；
笑在你的脸上嬉戏
如晴天上一阵清风。

愁苦的行人你一碰，
就对你的健康着迷，
那就像是一道光明，
射自你的肩头手臂。

那色彩充满了响声，
撒满在你的服饰上，
在诗人的精神之中
投进百花芭蕾之象。

你的长裙十色五光，
象征你杂色的精神，

---

* 本诗首次发表于《恶之花》初版，第三十九首，为六首禁诗之一。诗人于1852年12月9日将此诗寄给萨巴蒂埃夫人，未具名。

你这疯子令我发狂，
我对你是既爱又恨！

有时在美丽的花园，
我拖着迟钝的脚步，
觉得仿佛一种讽讪，
阳光撕裂我的胸脯；

而春天和青枝绿叶
如此欺侮我的心灵，
我竟对着花儿一朵，
惩罚大自然的不敬。

于是我想某个夜间，
正当敲响快活时辰，
朝着你肉体的珍玩
像懦夫无声地爬行，

为惩罚你快乐的肉，
为摧残你被恕的乳，
留下长而深的伤口，
在你那吃惊的腰部，

啊，令人眩晕的甜蜜！
再经由你新生的嘴，

更加灿烂，更加美丽，
注进我的毒液[1]，姐妹！

1　法庭解为“梅毒”，诗人辩为“忧郁”。

首饰*

爱人知道我的心思，周身赤裸，
只留下那些叮当作响的饰物，
丰富的首饰使她像个胜利者，
如同狂欢节上摩尔人的女奴。

当它们舞动着发出尖声嘲讽，
这世界就闪动着金属和宝石，
使我心醉神迷，我狂热地钟情
那种种混合着声和光的东西。

于是她躺下，让我百般地抚爱，
在沙发高处现出舒适的笑意，
我的爱情深沉甜蜜有如大海，
像朝着悬崖一样朝着她升起。

她像被制服的虎紧紧盯着我，
茫茫然做梦般试着种种姿势，

---

* 本诗首次发表于《恶之花》初版，为六首禁诗之一。诗中的“爱人”指让娜·杜瓦尔。

淫靡放荡与天真的坦率结合，
给她的变化增添了新的魅力；

她的手臂和小腿，大腿和腰肢，
油一样光滑，天鹅般婀娜苗条，
在我透彻宁静的眼睛前晃动；
她的肚子和乳房，一串串葡萄，

向我逼近，比堕落天使更温柔，
要扰乱我的灵魂栖身的休息，
要把它从水晶岩上打翻赶走，
它原本安坐其上，平静而孤寂。

我仿佛看见一幅新的美人图，
年轻人的上身安提俄珀[1]的臀，
这身躯上的骨盆是那样突出。
黄褐色的脸搽上绝妙的脂粉。

——灯光啊终于顺从地渐渐死去，
只剩下壁炉的火把卧室照亮，
每当它喷出冒着火焰的叹嘘，
就把血涂在琥珀色的皮肤上。

---

1 **Antiope**，希腊神话中底比斯王的女儿，宙斯见她美丽，趁她睡熟时化身为羊人将她奸污，后来生下安菲翁。

吸血鬼的化身*

那女人，一边像炭上的蛇一样
扭动身体，在胸衣撑的钢丝上
揉捏乳房，一边从草莓似的口
流出这些浸透麝香味的话头：
“我有潮湿的唇，我还知道如何
在卧床深处丢弃过时的道德。
我在高耸的乳房上拭干泪水，
让老人发出孩子般的欢笑声。
对那些看见我一丝不挂的人，
我代替了月亮、太阳、天空、星辰！
亲爱的学者，我如此精通作淫，
当我用可怕的手臂窒息男人，
或者让人随意噬咬我的躯体，
既羞怯又放荡，既脆弱又结实，
这张肉垫子兴奋得昏厥唏嘘，
阳痿的天使也会为我下地狱！”

---

* 本诗首次发表于1857年，作于1851至1852年间，《恶之花》初版第八十七首，为六首禁诗之一。

她把我的骨髓吸得干干净净，
我疲软无力地朝她转过了身，
报以爱情之吻，这时我只看见
一只皮囊，两肋黏滑、脓血满眼！
我闭上眼睛，吓得浑身出冷汗，
当我在强光下重新睁开双眼，
在我身旁，那强壮的人体模特
原先像是储备了充足的鲜血，
却成了胡乱抖动的一堆残骸，
就像冬夜里，风信鸡或者一块
招牌，在风中摇摆于铁杆顶端，
它们自己就发出了阵阵叫喊。

风流集

喷泉*

你的美目倦了，可怜！
不要睁开，久久保持
这种姿态随随便便，
快乐突然抓住了你。
院里喷泉喳喳嘁嘁，
日日夜夜无止无休，
今晚爱情给我狂喜，
你可要温存地保留。

喷水四散
如花千朵，
月神欣然
布下颜色，
纷纷飘落，
泪雨涟涟。

快乐闪电如热灼人，

* 本诗首次发表于 1865 年 7 月 8 日《小评论》。

你的灵魂于是点燃，
腾跃而起，大胆捷迅，
奔向那欣悦的长天。
随后泻下，半死不活，
如忧愁萎靡的水流，
顺着看不见的斜坡
一直下到我的心头。

喷水四散
如花千朵，
月神欣然
布下颜色，
纷纷飘落，
泪雨涟涟。

你呀，夜里如此美丽，
我俯身向你的乳房，
静听水池里的啜泣
多甜蜜，无尽的哀伤！
月亮，鸣泉，受福的夜，
四周的树簌簌抖动，
你们的忧郁多纯洁，
是我的爱情的明镜。

喷水四散

如花千朵，
月神欣然
布下颜色，
纷纷飘落，
泪雨涟涟。

贝尔特的眼睛*

你们可以蔑视最著名的眼睛，
我的姑娘的美目，你渗出流露
美妙与甜蜜如夜，真无法形容！
美目，向我把迷人的黑暗倾注！

心爱的奥秘，我的姑娘的大眼，
你们很像那些岩洞富有魔力，
在一大片迟钝的幽灵的后面，
隐约地闪烁着珍宝迄无人知！

我的姑娘眼睛阴暗、深沉、宽广，
像你无边的夜，也像你被照亮！
其光乃是爱的思想，混有信仰，
在深处闪闪发光，贞洁或淫荡。

---

* 本诗首次发表于 1864 年 3 月 1 日《新评论》。

赞歌*

最亲爱的，最美丽的，
她使我心充满光明，
不死的偶像啊，天使，
我祝她呀不老长生！

她在我生命中弥漫，
仿佛浸了盐的空气，
在我不满足的心田
撒下对永恒的兴致。

是永远新鲜的香囊，
熏香了心爱的小舍，
一个香炉已被遗忘，
在夜里秘密地烧着，

爱情永远新鲜不腐，
如何真实地表达你？

---

* 本诗首次发表于1857年11月15日《现代》，诗人于1854年写给萨巴蒂埃夫人。

在我的永恒之深处，
看不见的麝香一粒！

最亲爱的，最美丽的，
她使我心充满光明，
不死的偶像啊，天使，
我祝她呀长生不老！

一张脸的许诺*

我爱，哦苍白的美人，你的低眉，
那里似有黑夜流淌；
你的眼虽然很黑，却令我发挥
丝毫不阴暗的遐想。

你的眼睛与你的黑发相协调，
你富有弹性的长丝，
你的眼睛无精打采对我说道：
“你钟情于造型缪斯，

“如果愿意就遵循我们的激励
和你所表明的兴趣，
你将能看到我们的全部真实，
从肚脐一直到屁股；”

你将在沉甸甸的美丽乳头上
发现有大铜牌两只，

---

* 本诗首次发表于1867年，《残诗集》第十一首。

在平坦的腹下，天鹅绒般滑爽，
茶褐色如和尚的皮，

一片茂密的毛，与那一头浓发，
的确可以说妹说姐，
柔软而卷曲，和你一样的厚呀，
无星的夜，黑暗的夜！

怪物或一位骷髅美女的傧相*

一

你肯定不是，亲爱的，
弗约[1]所说的小娇娥。
赌博、爱情、好吃东西
在你身上翻腾，破锅！
你已不新鲜，亲爱的，

我的老公主！可你那
失去了理智的队伍
却给了你五彩光华，
这些很陈腐的东西
仍然有诱惑的伎俩。

我还不觉得你单调，
你那四十岁的活力；

* 本诗首次发表于1867年，《残诗集》第十二首。“傧相”一词另有“赞词”义。

1 Louis Veuillot（1813—1883），法国作家，喜为道德说教。

我爱你的果实，秋季，
胜过春花毫不稀奇！
不！你永远也不单调！

你的身体还有味道，
而且有别样的风致；
我发现奇特的辣椒，
在你的锁骨上窝里；
你的身体还有味道！

让那甜瓜和倭瓜[1]的
可笑情人们一边去！
我喜欢你的小钥匙
胜过所罗门王之术[2]，
我怜悯这些可笑者！

你的头发仿佛蓝盔，
遮盖你勇士的额头，
很少思想，很少羞愧，
你的头发向后飘走，
像长鬣装点着蓝盔。

1　波德莱尔认为此类瓜有猥亵意味，可暗喻女人身上的突起部分。
2　当时流行一本讲巫术的书《所罗门的小钥匙》，相传为所罗门王所著。

你的眼睛好像淤泥，
其中一盏灯在闪亮，
颊上脂粉给它活力，
它射出了阴森的光！
你的眼睛黑似淤泥！

淫荡，轻蔑，苦涩的唇，
你用来把我们挑逗；
这是伊甸园，这嘴唇，
吸引，又让我们难受。
多么淫荡，何等轻蔑！

你的腿有力却干枯，
善于在火山上攀登，
跳最疯狂的康康舞，
尽管有雪，灾祸重重。
你的腿有力却干枯；

你的皮肤灼人、粗糙，
好像那年老的宪兵，
已经不再出汗，就像
你的眼睛不再流泪。
（但它有它的温柔乡！）

二

傻瓜呀，你直奔魔鬼！
我愿意跟你一起去，
假使这种可怕速度
不会让我感到恐惧。
你独自吧，直奔魔鬼！

我的腰、肺，我的双腿
不再让我表示敬意，
如礼如仪，向这权贵
“咳！这的确很是可惜！”
这样说，我的腰和腿。

哦！我真的感到痛苦，
不能参加魔鬼夜会，
看看，它把硫磺放出，
你如何吻他的屁股！
啊！我真的感到痛苦！

我真是要命地难过，
不能做你的大烛台，
还要请求向你告别，
地狱的火把！我的爱，
你说我该多么难过，

很久以来我就爱你，
这很合乎逻辑！确实，
想要寻找恶的香脂，
单只爱完美的怪物，
的确！老怪物，我爱你！

题词集

题奥诺雷·杜米埃的肖像*

这帧画像我们给您，
它的技艺精妙卓绝，
教会我们嘲笑自我，
读者，他是一个贤人。

此乃讽刺家，亦善诙；
然而他的那种力量，
以描绘恶及其同党，
证明他的心灵之美。

他的笑并不是鬼脸，
梅莫特或摩菲斯特[1]，
有复仇[2]的火炬烧灼
却令我们感到严寒。

---

* 本诗作于1865年，为法国艺术批评家、作家尚弗勒里（Champfleury，1820—1889）的《现代漫画史》作。奥诺雷·杜米埃（Honoré Daumier，1808—1879）为法国漫画家。

1 梅莫特是苏格兰作家马图林的神怪小说《梅莫特》的主人公，摩菲斯特是德国中世纪传说中的魔鬼。

2 原文为Alekto（阿勒克托），希腊神话中的复仇女神之一。

他们的笑，咳！不过是
那快乐的痛苦负载；
而他的笑辉煌，坦率，
宽宏，是仁慈的标记！

巴伦西亚的劳拉*

在到处可见的如此多美人里，
朋友，我很知道欲望为何摇曳；
可巴伦西亚的劳拉却闪烁着
玫瑰色、黑色珠宝的意外魅力。

* 本诗首次发表于 1866 年。巴伦西亚为西班牙城市，劳拉是一芭蕾舞演员，马奈曾为她作肖像，本诗即为肖像所题。

题欧仁·德拉克洛瓦的《狱中的塔索》*

诗人被囚，衣履不整，疾病缠身，
痉挛的脚下踢散了手稿一份，
他用恐怖烧红的眼睛丈量着
眩晕的阶梯，他的灵魂被淹没。

狱中充满了令人迷醉的笑声，
诱使他的理智走向奇特荒谬；
“怀疑”包围着他，“恐惧”可笑、可恶、
千形万状，在他周围流动往复。

污浊的陋室关住了这位天才，
这些怪相，喊声，幽灵，纷至沓来，
纠集在他的耳后，不停地转着，

室内的恐怖唤醒这位梦幻者，

---

* 本诗首次发表于 1864 年 3 月 1 日《新评论》，原诗标明的日期并不是波德莱尔的亲笔。这首诗当作于 1844 年。塔索（Torquato Tasso，1544—1595）为意大利诗人，因忧郁和失意而精神失常，被费拉拉公爵关进疯人院。

此乃你的象征，做噩梦的灵魂，

现实窒息于四壁之间的灵魂！

声音*

我的摇篮啊背靠着一个书柜，
阴暗的巴别塔，科学，韵文，小说，
拉丁灰烬，希腊尘埃，杂然一堆，
我身高只如一片对开的书页。
耳畔两个声音。一个狡猾坚定，
对我说："大地是块糕饼真可口；
我能（那时你的快乐无尽无穷！）
让你有个跟它一样大的胃口。"
另一个说："来吧！啊！来做梦中游，
越过可能之域，越过已知之物！"
那一个像沙滩的风一层歌喉，
哇哇叫的幽灵，不知来自何处，
听起来真悦耳，却又令人心惊。
我回答你说："是啊，甜蜜的声音！"
这时，唉！我的创伤和我的不幸
就可以说开了头。在那广阔的生存
场景之后，深渊的最黑的地方，

* 本诗首次发表于1861年2月28日《当代评论》。

我清楚地看见了奇特的世界，
我那着了迷的洞察把我损伤，
我拖着蛇，它们噬咬着我的鞋。
从这时起，我又仿佛先知未卜，
那么温情地爱上沙漠和海水，
我在丧期中笑，我在节日里哭，
在最苦涩的酒中品出了美味；
我常常把事实当作假象幻影，
两眼望着天，跌进一个窟窿里。
但声音安慰我说：“留住你的梦；
智者的梦哪有疯子的梦美丽！”

意料之外*

阿巴贡[1]守在临终的父亲旁边，
看着已经发白的嘴唇，沉思着：
“阁楼里不是还堆着些旧木板？
我觉得也就足够了。”

塞利麦娜[2]喃喃地说：“我的心善，
自然，天主就把我造得很美丽。”
——她的心！早干了，熏得火腿一般，
又给永恒之火烤熟！

一个晦涩的报人[3]，自诩为火炬，
对淹在他的蒙昧中的穷人说：
“你颂扬的那美的创造者、骑士，
你在哪儿见到他了？”

---

* 本诗首次发表于1863年2月25日《林荫大道》。原出版者认为这首诗表明作者转向了宗教生活。

1 莫里哀喜剧《吝啬鬼》的主人公。

2 莫里哀喜剧《恨世者》中的主人公阿尔赛斯特的情人，淫而好谤。

3 波德莱尔曾指责《世纪报》的记者剥夺穷人从基督教中得到安慰的权利。

我认识某好色之徒，比他们强，
他日夜打哈欠，哀叹，哭哭啼啼，
无能又自命不凡，反复说：“我想
一小时后有德，是的！”

轮到时钟了，轻声说：“时机成熟，
下地狱的！”我警告这腐肉，无效。
人盲目、耳聋、脆弱，仿佛墙一堵，
有虫子住，有虫子咬！

接着，某人出现，谁都把他排斥，
他嘲讽又自傲，对他们说：“我想
你们在圣体盒里充分领到圣体，
在愉快的黑弥撒[1]上？

“各位都在心中为我造了圣殿，
都把我不洁的屁股偷偷吻过，
在他胜利的笑声中认出撒旦，
庞大丑陋一如世界！

“你们能相信吗，惊奇的伪君子，
嘲弄主人、跟他弄虚作假的人，
反而会自然地得到两种奖励，

1 指崇拜恶魔时举行的弥撒仪式。

既进天堂又成富人？

“应该用猎物酬劳年老的猎人，
他已在隐匿处苦苦等了许久。
我要带领你们穿越深厚地层
我可悲的欢乐之友，

“我们穿越厚厚的泥土和岩石，
又穿越你们乱糟糟的骨灰堆，
走进像我一般大的独石宫室，
而那石头并不松脆；

“因为它用普天下的罪孽建立，
包含着我的骄傲、痛苦和荣耀！”
——就在这时，高居于天上的天使
吹响了胜利的号角，

胜利的人们心里说：“我们祝福
你的鞭子，吾主！还有痛苦，吾父！
你拿去我的灵，不是无用玩具，
你的贤明没有限度。”

喇叭的声音如此的悦耳动听，
在那些收获天国葡萄的夜晚，
让它如狂喜渗入那些人的心，
喇叭正把他们颂赞。

赎金*

为了支付他的赎金，
人有两块凝灰岩地，
既深厚又富有肥力，
需用理性之铁开垦；

为获得玫瑰一点点，
为夺取一点点谷穗，
需灰白额上的咸泪，
不断地把他们浇灌。

一块艺术，一块爱情。
——为了使法官发悲慈，
到了那可怕的日子，
严厉的审判要举行，

必须向他展示谷仓
和鲜花，粮食满登登，

---

* 本诗首次发表于 1857 年 11 月 15 日《现代》。

鲜花的色彩与外形
要赢得天使的赞赏。

给一位马拉巴尔姑娘*

你的脚细腻如你的手，你的臀
宽大得令最美的白女人羡歆；
画家沉思，你的躯体可爱珍贵；
天鹅绒般的大眼比皮肤更黑。
你的神把你降生于蓝、热之国，
给主人点燃烟斗是你的工作，
把清凉的水和香水灌进瓶里，
还驱赶游窜的蚊子远离床笫，
一听见清晨让法国梧桐唱歌，
你就去市场上买香蕉和菠萝。
你整日赤着脚随意逛来逛去，
低声哼着谁也不知的老歌曲；
当夜晚披着鲜红的袍子降临，
你就轻轻躺在一张席上就寝，
你那浮动的梦里飞满了蜂鸟，
也总是像你一样绚丽和娇娆。

---

* 本诗首次发表于 1864 年 12 月 13 日《艺术家》。马拉巴尔是印度西海岸的总称。1841 年波德莱尔在毛里求斯岛布拉加夫人家里看见一印度女人的女儿，名叫多罗泰，在那儿当使女，故写此诗。

幸运的孩子，为何想看法兰西，
人口太多、被痛苦摧毁的国度？
把生命交给水手强壮的手臂，
永远告别可爱的罗望子果实？
你，半裹着薄脆的平纹细布衣，
在那边瑟瑟于大雪和冰雹里，
你该会痛惜甜蜜率真的悠闲，
如果粗暴的紧身衣捆住躯干，
你得在我们的烂泥里找饭吃，
出卖你那奇特的魅力的香气，
在浊雾之中睁大沉思的眼睛，
追寻逝去的椰树的散乱幽灵。

诙谐集

关于阿米娜·波切蒂的首次演出*

阿米娜跳，——旋转，——然后微笑，飞奔；
外国佬说："这玩意，我看是梵文；
说到小树林里的仙女，我只知
蔬菜野草山街[1]两旁的那一批。"

用细腻的脚尖、笑盈盈的眼睛，
阿米娜大量倒出疯狂和机智；
外国佬说："滚开吧，骗人的快乐！
我老婆没有这种轻浮的动作。"

您不知道，脚腕轻盈的女气精，
您居然想教大象跳华尔兹舞，
教猫头鹰学会快乐，鹳学会笑，

对情欲的优雅，外国佬说："救命！"

---

* 本诗首次发表于1864年10月1日《巴黎生活》。阿米娜·波切蒂（Amina Boschetti，1836－1881）是意大利女舞蹈家，曾于1864年在布鲁塞尔演出。

1 布鲁塞尔的一条大街，所谓"仙女"可以意会。

温和的酒神给他倒上勃艮第[1]，
这怪物回答："我更喜欢喝啤酒！"

1　一种有名的法国葡萄酒。

关于一个讨厌的人*

献给欧仁·弗罗芒坦[1]

他曾很富，他对我说，
不过虎列拉他很怵；
——他的金子，敢说罢了，
歌剧倒是很感兴趣；

——他曾经酷爱大自然，
在认识柯罗[2]先生前；
——他还没有自己的车；
这很快就会在眼前；

——他喜欢砖和大理石；
黑色的木，金色的木；
——他在自己的工厂里，
有三个受勋的工头；

——不说别的，他还拥有

* 本诗首次发表于 1867 年，《残诗集》第二十二首。

1 Eugène Fromentin（1820–1876），法国作家、画家，颇受波德莱尔推重。

2 Jean-Baptiste-Camille Corot（1796–1875），法国风景画家。

两万股份，《北方报》的；
他还不费吹灰之力，
发现奥珀诺[1]的框饰；

——他会送到（哪怕吕萨）
那完全的旧货店里
他在主教市场上啊
还做了几笔好生意；

——他不大爱他的妻子，
和他母亲；——但他相信
灵魂能够永生不死，
他还读过尼布瓦因[2]！

——他倾向于肉体之情，
在罗马烦闷的日子，
有患肺结核的女人
为了他的爱而死去。

三个半钟头的光景，
这图尔奈[3]的饶舌者
对我扯了他的一生；

1 Gilles-Marie Oppenord（1672–1742），法国装饰画家、室内装饰家。

2 一位写教诲小说的作家，生于1825年。

3 Tournai，比利时城市名。

我的脑子难受欲裂。

如果描写我的痛苦，
那可真要没完没了；
我心里说，强压愤怒：
“至少我该能够睡觉！”

像个不能随便的人，
并且不敢扬长而去，
我用屁股蹭着椅子，
梦想着能把他穿透。

这怪物叫巴斯托涅；
他逃过了那场瘟疫。
我会跑到加斯科涅[1]
或者我会投进水里，

若在他害怕的巴黎，
在大家回去的时分，
我在路上又见那厮
这讨厌的图尔奈人。

1　Gascogne，法国西南部旧省名。

一个快活的小酒馆*

在从布鲁塞尔到于克勒的路上

您酷爱着人的骨骼，
还有象征受到憎厌，
为了获得更多快乐，
（哪怕是一份摊鸡蛋！）

年迈的法老，蒙斯莱[1]，
这块意外的招牌前，
我梦见了你：墓园斋，
小小的一座咖啡馆！

---

* 本诗首次见于 1866 年 3 月 11 日《费加罗报》，《残诗集》第二十三首。

1 Charles Monselet（1825–1888），法国作家，自称喜欢玫瑰和快乐，对波德莱尔描写恐怖丑恶的形象深感不满。

译跋*

这本书的结构颇有些奇特，一篇十四万字的“代译序”占了全书篇幅的小一半。漓江出版社肯接受这样的安排，一见其对著译者的尊重，二见其富有创新精神。当然，此种超长序并非史无前例，萨特的《圣徒热奈，戏子与殉道者》洋洋三十万言，其肇始乃是为让·热奈的戏剧写序，后来果然作了《让·热奈全集》（第一卷）的序言。我这里原是先有了这部专论，在等待出版的过程中才陆续译了这一百首诗，故以代序称。

《论〈恶之花〉》完稿于四年前。1991年9月某日，刘硕良先生告诉我漓江出版社准备印行我的书稿，但希望能附一些译诗，既可供阅读欣赏，又可对所论提供佐证，以验其深浅。其实我早萌此意，且一直在胸中郁结不散。只是怕给《论〈恶之花〉》的出版造成新的困难，一直未敢启口。因此，刘硕良先生一提，我立刻应之曰：“善哉，此言深获我心。”于是，我便从译

* 这篇文章原是为1992年漓江版插图本《恶之花（一百首）》写的，今挪作2018年商务版《恶之花》的跋文。

稿中选出一百首，细加整理，并索回书稿，对其中的引诗逐一核对，悉以译诗为准。同时，又遵嘱找来图片五十余幅，意在增色也。窃以为，这一百首诗足以代表《恶之花》的精华，倘有遗漏也多半是乐山乐水的事了。这一百朵恶之花中，取自最具权威性的1861年版《恶之花》者九十有二，其余八朵则采自《残诗集》和1868年版《恶之花》的增补诗。

波德莱尔的《恶之花》乃是骇世惊俗之杰作，理当挂头牌；《论〈恶之花〉》乃是译者殚精竭虑之产物，虽为敝帚亦当自珍。故挂头牌者虽得名书却置于文后，敝帚自珍者则以序称而忝列诗前。再者，《恶之花》是旷世佳构，《恶之花》的翻译则非是，《论〈恶之花〉》虽非名山之作，究竟不失为本地风光；故此种非主非宾、亦主亦宾的安排，谅无掠美之嫌。奇特固然奇特，却不是以奇求特、哗众取宠，愿知我者察。

我对于文学翻译，只是业余爱好，但比之作为本行的"研究"，似乎更多一些敬重。从存活的可能性上说，一部好的译品更有机会活得长久，而一部或一篇洋洋洒洒的论文，倘能为读者指出些许阅读的门径，已属难能，若想传之久远，庶几无望，此非我辈所敢求者。

虽说是业余爱好，这文学翻译究竟是一项严肃的事业，须满怀热情地认真从事，并多少该有些自尊自重自豪感。因此，一个动笔翻译的人可以没有系统周密的理论，却不可以没有切实可行的原则。他必须对什么是好的翻译有自信而且坚定的看法，但是他不一定要固执地认为只有一种翻译是好的，其余的都是坏的。

我对翻译提出的标准，多半是一个读者的标准。

在中国的翻译界，自严复首标“译事三难：信、达、雅”之后，又有“忠实、通顺和美”、“不增不减”、“神似”、“化”等说法提出。主张虽多，又各据其理，然就其可操作性来看，鲜有如“信达雅”之可触可摸、可施可行者。我甚至有一种近乎愚钝的想法，这种种的说法似乎都还或近或远地在“信达雅”的树荫下乘凉。当然也有不少人欲破此“三难”之说，但看来是攻之者众，破之者寡，譬如攻城，打开一两个缺口，整座城池却依然固若金汤。何以故？怕是“信达雅”三难确是搔着了文学翻译的痒处。只要我们与世推移，对“信达雅”之说给予新的解释，就会给它灌注新的生命力。并非所有的新说法都显示了认识的深入和观念的进步。

“信、达、雅”中，唯“雅”字难解，易起争论，许多想推倒三难说的人亦多在“雅”字上发难。倘若一提“雅”，就以为是“汉以前字法句法”，就是“文采斐然”，是“流利漂亮”，那自然是没有道理的，其说可攻，攻之可破。然而，可否换一种理解呢？试以“文学性”解“雅”。有人问：“原文如不雅，译文何雅之有?”提出这样的疑问，是因为他只在“文野”、“雅俗”的对立中对“雅”字作孤立的语言层次上的理解。如果把事情放在文学层次上看，情况就会不同。倘若原作果然是一部文学作品，则其字词语汇的运用必然是雅亦有文学性，俗亦有文学性，雅俗之对立消失在文学性之中。离开了文学性，雅自雅，俗自俗，始终停留在语言层次的分别上，其实只是一堆未经运用的语言材料。我们翻译的是文学作品，不能用孤立的语言材料去对付。如此则译文自可以雅对雅，以俗应俗，或雅或俗，皆具文学性。如同在原作中一样，译文语言层次上的雅俗对立亦消失于语境层次上的统一之中。如此解“雅”，则“雅”在文学翻译中断乎不可少。

与“雅”直接有联系的一个问题是所谓“文采”。何谓“文采”？答案也许有许多种，但肯定不是堆砌辞藻，不是硬造四六骈句，不是任意使用修饰词（如遇雪必称“皑皑”，遇雨不是“霏霏”便是“滂沱”之类），不是滥用成语，也不是文白相杂或其他什么古怪文体。华丽很容易被认为有文采，然而只有适度的华丽才是一种文采。素朴很容易被认为没有文采，然而适度的素朴未尝不是一种文采。中国画论中有“墨分五彩”的说法，我看可以移来说文。还有，“流利漂亮”也往往被认为有文采，殊不知茅盾早在半个多世纪以前就说过：“就一般情形而言，欢迎流利漂亮想也不用想一想的文字的，多半是低级趣味的读者。换一句话说，即是鉴赏力比较薄弱的读者。”他说得对。

总而言之，译事三难：信、达、雅。信者，真也，真者，不伪也；达者，至也，至者，无过无不及也；雅者，文学性也，文学性者，当雅则雅当俗则俗也。信、达、雅齐备，则入“化境”，然而“彻底和全部的化，是不可实现的理想”，于是而求“神似”。因此，我认为，对文学翻译来说，信、达、雅仍是可用的标准，仍是“译事三难”。

这个标准不妨用于诗的翻译。如此译诗，则不唯诗的意、言、象、境不能改变，就是形式如音韵格律、诗句的长短，诗行的数目顺序等也不能置于不顾，换句话说，不妨依样画葫芦。由于两种语言、两种文化及其他许多因素的巨大差异，完全做到形似也是有困难，首先字母换成了方块字，便已不似，即使译某一首诗时做到了形似，也终归还是“似”，不是等同。因此，我的译诗也只能是力求在形式上与原诗一致，例如，原诗是十二音节的亚历山大体，译诗便出以十二个汉字，原诗为十音节诗，译诗便出以十个汉字，余类推。韵式亦与原诗一致，如交韵（abab）、随韵（aabb）、抱韵（abba）等。译者本不精于法国诗律，所谓“在形式上与原诗一致”，也只是“力求”，求其大体不差，例如，押韵，求的是顺口顺耳，不曾去查外国或中国的韵书；而精微之处，如行中大顿、跨句等等，实难做到亦步亦趋、如影随形，只好对不住波德莱尔了。例如，波德莱尔是写十四行诗的大家，所作虽多为不规则十四行诗，但用韵并不含糊，而我的译诗只能在音节、韵式上求仿佛，而不能尽照其阴阳韵的安排，甚至原诗五韵而译诗则六韵，等等。试举一例。《流浪的波希米亚人》，十四行，每行十二音节，五韵，韵式为abba/abba/ccd/eed/，译诗欲亦步亦趋而不能，只好应以十四行，每行十二个汉字，韵式则改为abba/cddc/eef/eef/，不是五韵而是六韵了。力求肖似其形，无非是希望读者在阅读时能想见原诗的形貌，窥个仿佛也好。

法国格律诗向来称八音节诗、十音节诗、十二音节诗等等，如我国称五言、七言等，足见音节在法诗中的地位。有人对以汉字应音节颇不以为然，理由是法语为多音节，汉语为单音节。其实不然，现代汉语中单音节的词是很少的，甚至在翻译中不敷使用，总嫌其少，而不嫌其多。用十二个汉字模仿法诗的亚历山大诗行常常可以做到惟妙惟肖，包括节奏、停顿、重读等等。

以译诗的字数对应原诗的音节，其结果是形成一种诗行相当齐整的诗，具有一种视觉的美感，当然有的眼睛以错落为美，不过错落须有致方为美，否则不美，若蓬头垢面然。此处不拟细论。总之，这种齐整的诗行难逃“豆腐块”之讥。其实，“豆腐块”为人诟病，罪不在齐整，而在其削足适履造成的佶屈聱牙之苦，倘若可读可诵，既顺耳又悦目，“豆腐块”何罪之有？实际上，法国古典格律体诗正是一方方略见毛边的豆腐块。

译诗应保持洋味洋相，又能让国人读得通听得懂（不一定要一读即通一听便懂而“想也不用想一想”），则不必成为国人喜闻乐见的熟面孔，金发碧眼的美人不必穿上旗袍才能成为君子好逑的窈窕淑女。有人主张译诗要民族化，不知如何化法？化成什么？有人说译诗可以在某种前提下进行“得意忘言”式的创造，也不知能创造出什么？再说何谓“得意”？你怎么知道你果真“得意”了？换了一种“言”，别人还会得出原来的“意”吗？与其让译者把自己得的“意”强加给读者，莫若让读者在尽可能保留下来的形象、词语、节奏中自己去“得意”。其实，诗的“意”是有限的，而“言”则是无限的，诗人的创造性往往表现为“人人心中所有，人人笔下所无”，怎么能“忘言”而让诗人的有也变成无呢？让国人以为洋人也写古风、排律或西江月浣溪纱，未见得是一件值得称颂的事。偶一为之，博人一笑，玩一次语言的游戏，也有其趣味在，但究竟不是正途。我们有别的办法让国人知道，洋人也能写得一手好诗，律绝词曲之外也有可以被称为诗的东西。

与译诗有关的问题很多，这里不想作一篇译诗论，也没有个人的翻译观提出，只是站在读者的立场上说一说自己喜欢读的译成中文的法国诗应该是什么模样，或者自己喜欢读的法国诗译成中文应该是什么模样。当然，别人的译诗论倒是偶尔读过几篇，获益匪浅。但有些论点，总觉得初看不错，甚至很堂皇，可是不能细想，细想则有破绽露出。也许我的想法倒是一看便错，漏洞百出，那也只好弃取由人了。其实我原本只想说一句话，这是一个读者译的诗，愿有同好者与我共享，至于是不是成了波德莱尔的罪人了，那实在是不敢想的一件事。

是为跋。

郭宏安

1991年11月25日

北京

图书在版编目（CIP）数据

恶之花 /（法）夏尔·波德莱尔著；郭宏安译. — 北京：商务印书馆, 2018（2024.1重印）
（波德莱尔作品）
ISBN 978 - 7 - 100 - 15836 - 7

Ⅰ. ①恶…　Ⅱ. ①夏… ②郭…　Ⅲ. ①诗集 — 法国 — 近代　Ⅳ. ①I565.24

中国版本图书馆 CIP 数据核字（2018）第026668号

恶 之 花

〔法〕夏尔·波德莱尔　著

郭宏安　译

商 务 印 书 馆 出 版
（北京王府井大街36号　邮政编码 100710）
商 务 印 书 馆 发 行
山东临沂新华印刷物流
集团有限责任公司印刷
ISBN　978 - 7 - 100 - 15836 - 7

2018年6月第1版　　开本860×1092　1/32
2024年1月第6次印刷　　印张11¾

定价：68.00元